Les Illusions de Tad

Les Illusions de Tad

CHRISTOPHE MAISON

Trykk: Libri Plureos GmbH, Hamburg, Tyskland

Les Illusions de Tad

Copyright 2024
Published by Editions NAKUONA Forlag
ISBN : 978-82-94045-25-9

www.editionsnakuonaforlag.net

Attention !!!

Ce livre a été réalisé sans trucage.

Tous les mots et les idées ont
été élevés en nature, à l'air
libre, et nourris d'imaginaire.

Aucun complice ne se cache derrière l'un ou l'autre paragraphe et les
personnages étaient parfaitement
inconnus avant d'être inventés.

Tout rapprochement avec des personnes de votre connaissance n'est
pas impossible, mais cela reste entre
vous et la perception peu flatteuse
que vous avez de votre entourage.

Bouclez votre ceinture si vous êtes
en voiture, ou si votre jean est trop
large, mais si vous êtes en voiture, ne
lisez pas ce livre. C'est dangereux.

Table des matières

1. Les enfants sont si mignons   9

2. Dans le noir de la nuit   11

3. Malentendu   17

4. Payé au cachet   23

5. Inspiration   25

6. Besoin d'attention   29

7. Le café du coin   31

8. Gilles   39

9. L'hypnose   49

10. Ange Gardien   59

11. Funny House   71

12. Le balayeur   77

13. Le fléau des jeux vidéo chez les jeunes   85

14. Les Amants du Lac et de la Montagne   87

15. Regrets   99

16. Le code   111

17 . L'Autostoppeur   119

18. Mac Malaghan   127

19. Haïku   147

20. Portrait de famille   149

21. Qu'est-ce que je fais de cette info ?   151

1. Les enfants sont si mignons

— Parle plus fort, mon chéri ! D'accord, Tad ? Timbre ta voix, tu sais ce que ça veut dire : « timbrer sa voix » ?

— Parler dans une enveloppe et l'envoyer à la poste ?

— … Non. Non, mon grand.

2. Dans le noir de la nuit

— Arrêtez ! Je vais le dire à ma maman !

— Betty !? Jeune fille, tu devrais dormir à cette heure !

Maman est au pied de l'escalier. Sa voix, fâchée, résonne jusqu'à l'étage.

— Oui, maman… mais !

— Au lit, mon ange !

Elle n'aime pas du tout quand je suis réveillée si tard ! Mais en fait, c'est elle qui est fatiguée !

Fatiguée de sa journée de boulot à repousser les avances de son voisin de l'*open space* (c'est maman qui m'a dit qu'il était amoureux d'elle. Je ne sais pas ce que c'est qu'un *open space*, mais elle n'aime pas ça).

Fatiguée de « sa procédure de divorce » qui ne se passe pas très bien.

Fatiguée de papa qui veut que je parte avec lui, quoi.

Moi, je ne sais pas si je veux aller avec papa.

Et je pense que maman est trop fatiguée pour savoir si elle veut que je reste avec elle…

Fatiguée, c'est ça.

Elle a bu deux ou trois verres de vin rouge (moi, je ne peux même pas en boire, mais ça pue !) et compte bien profiter de sa soirée « série TV » sans que, moi, la fillette de 5 ans, je me réveille pour raconter des histoires à dormir debout (comment peut-on dormir debout ?) à minuit moins dix !

Je vais la laisser tranquille, mais je ne sais pas quoi faire, j'ai peur et je pleure !

Je suis toute seule dans ma chambre. Seule, et pourtant je fixe quelque chose, seule, et pourtant quelque chose me fixe. Cela fait dix minutes, maintenant, que la créature est là.

Ma couette me protège, mais pour combien de temps ?

Dans le noir de la nuit, je ne distingue qu'une forme monstrueuse. J'aimerais allumer la lumière de ma chambre d'un coup, au risque de me faire disputer à nouveau, mais l'interrupteur est bien trop loin de mon lit.

« Que faire ? »

Le truc féroce qui me regarde avec agressivité, comme une bête furieuse prête à charger pour tout dévorer, est constitué d'un dos immense et courbé. La pièce est trop petite pour que la créature se tienne debout. Ses yeux sont perçants, brillants et très nombreux.

— Au moins huit ! J'avais dit ça tout bas, sans même m'en rendre compte. Sa tête, elle, a une forme très bizarre, longue et pointue, comme si elle était surmontée d'un chapeau de…

« Mais oui ! En fait, t'es une sale sorcière qui pue !
Il ne doit pas être tout à fait minuit. »

Comme toutes les petites filles, je sais que les
sorcières atteignent le plus gros de leur pouvoir à
la fin des douze coups de minuit et que, donc, elles
n'attaquent qu'à ce moment-là.

Il me reste donc une chance : le cadeau de Tad !

Tad, c'est mon meilleur ami à l'école. Maman dit
souvent qu'il est si mignon, et ça m'énerve. C'est
vrai, mais ça m'énerve ! Tous les deux, on se méfie
des sorcières, vampires et autres goules.

En atelier bricolage, il a fabriqué une poupée
pour moi. Elle n'était pas très jolie avec ses yeux
qui louchent et ses quatre uniques cheveux de
laine, mais elle doit me protéger de toutes les créatures des ténèbres, comme un bouclier sans peur.

« La poupée doit être par terre, à côté du lit. »

Si j'arrive à la saisir assez vite, sans me faire
attraper la main par le troll qui dort sous mon lit,
je serai protégée suffisamment longtemps (il fait
peur, ce troll, mais il est bête). Avec la poupée
de Tad, je pourrai, alors, allumer la chambre
et éblouir de lumière la sorcière, juste avant
minuit. Paf !

J'avale ma salive, souffle une bonne fois, pense
à mon ami Tad et à maman que je dois protéger à
tout prix. J'y vais !

Je ne la trouve pas tout de suite, mais dès que je
mets la main sur la poupée, je la serre contre son
cœur. Ça y est, je me sens déjà plus forte. Je cours
vers le mur et son interrupteur.

Attention, je dois sauter au-dessus de mon cartable d'école posé par terre si je ne veux pas tomber. Hop !

Mince ! Le mur est plus proche que ce que je pensais, je me cogne la tête dessus.

Boum ! Mais maintenant, je tends le bras et clic !

Voilà, il fait clair. Maman ne risque plus rien. Je regarde vers la créature et vois un étrange bric-à-brac.

À la place du dos de la bête, il y a un vieux matelas, debout contre un tas de cartons de jouets, en train de pencher. Mon sac de billes a pris la place des yeux de la sorcière. La paire de cônes que mon frère et moi utilisons pour jouer au ballon remplace le chapeau pointu.

Je retourne m'installer dans mon lit, me glisse sous ma couette et tourne la tête une dernière fois vers tout ce bazar.

— Bien joué, mais ça ne prend pas, vilaine !

Et tandis que les douze coups de minuit sonnent, je m'endors avec la fierté du devoir accompli.

Le saviez-vous : Certains sourds
sont capables non pas d'entendre la
musique, mais de la ressentir. Il est
parfois déconcertant de les voir danser en rythme. Ils captent certaines
vibrations, notamment par le sol,
mais surtout, ils se calent sur vous.

3. Malentendu

— Aïe !

Dans la salle de bains de sa grand-mère, Tad, âgé de huit ans, prend un bain.

Il est en vacances cette semaine et ses grands-parents habitent dans une maison calme à la campagne.

C'est l'occasion pour le jeune garçon de faire de longues balades à vélo ou avec son papy et de faire tout le bruit qu'il veut dans la chambre d'amis quand il joue, sans ennuyer les voisins. Ils n'ont pas de voisins.

À vrai dire, il ne dérange pas non plus ses grands-parents, car l'une est sourde et l'autre sourd-muet.

À huit ans, Tad ne parle pas le langage des signes, mais il sait dire les choses les plus évidentes et utiles : « bonjour », « au revoir », « merci », « j'aime » et « je n'aime pas », « un verre de lait », « manger », « pipi et caca ».

Ce manque de vocabulaire ne pose pas problème au sein de la famille. Beth et Bob sont soudés depuis 42 ans et ont appris à lire sur les lèvres. De plus, le trio a inventé ses propres signes et si ce n'est pas suffisant, Tad a un répertoire très éloquent de mimiques et grimaces.

Beth est une belle grand-mère qui ne fait pas du tout son âge. Bien habillée, bien maquillée et très dynamique, elle est encore capable d'accompagner son petit-fils dans les aventures qu'il s'invente. Ce que Tad adore chez elle, c'est sa cuisine et surtout ses tranches de rôti de bœuf.

Malgré son âge, Beth est une femme très active, voire nerveuse. Elle est également présidente d'une association pour sourds et malentendants.

Bob, lui, est un grand-père posé, mais avec beaucoup d'humour. Tad pense qu'il est champion d'échecs, car il n'a jamais réussi à le battre. Le jeune garçon n'est pas très bon.

Ancien couturier à la retraite, Bob fait quelques petits boulots de raccommodage pour ses voisins.

Dans ce bain, préparé avec soin par Beth, le petit se rappelle que parfois leur mode de communication est délicat et peut occasionner de vrais moments d'hilarité.

Il se souvient d'un jour, dans les rayons du supermarché : il partit en courant vers les jus de fruits et faisait de grands gestes vers Beth pour qu'elle ne s'inquiète pas.

Quelques instants plus tard, il revint avec une boîte de six bouteilles et se dirigea vers sa grand-mère. Celle-ci se penchait péniblement dans un grand congélateur pour en observer le contenu.

Tad l'imita et vit des filets de poissons congelés et des épinards, tout ce qu'il détestait !

Pour signifier à Beth qu'elle « n'était pas obligée d'acheter tous ces aliments », il se retourna vers elle en lui faisant une grosse et sale grimace.

D'un coup, son souffle se coupa, il fut surpris et sentit la honte l'envahir. Ce n'était pas du tout Beth à qui il faisait une grimace, mais une autre vieille dame inconnue. Elle portait un manteau de la même couleur que celui de sa grand-mère et le petit n'avait pas fait plus attention que ça.

La vieille inconnue le regarda, un peu *étonnée*.

— Qu'y a-t-il, mon petit ?

Gêné, Tad ne répondit même pas et s'éloigna pour retrouver Bob ou Beth.

Mais derrière lui se trouvait son grand-père. Celui-ci éclata de rire devant la bourde du garçon.

Tad posa la boîte de jus dans le chariot de celui-ci en devenant tout rouge…

Avec le recul, cette histoire fait beaucoup rire le garçon dans son bain de mousse.

— J'étais vraiment trop petit. À six ans, on est un bébé, mais là, je suis grand !

Tout à coup, dans un geste incontrôlé, le garçon ouvre le robinet du côté de l'eau chaude.

— Aïe !!!!

À cet instant, la porte de la salle de bains est fermée. Celle-ci se trouve à côté de la cuisine. Personne ne surveille le petit, mais Beth prépare une soupe à moins de trois mètres.

Dans un mouvement précipité, Beth entre dans la pièce et demande à Tad, d'une voix aiguë et raisonnante :

— Pourquoi crier ?

Plus tard, de retour à la maison, son frère et sa sœur lui expliquent que Beth n'a rien pu entendre puisque son ouïe ne se limite qu'à quelques fréquences, pas plus.

— Ce sont les vibrations !

— Ou l'instinct maternel.

— Grand-maternel !

— Ou alors, elle nous ment depuis des années et entend toutes nos bêtises.

— Oh, tu imagines ?

Pour eux, ce n'est qu'une blague, mais Tad a cru longtemps à cette théorie.

Et comme dit son père : « Si Théorie, c'est parce que la blague est bonne. »

Après quelque temps, Bob meurt paisiblement dans son sommeil.

Aux funérailles de son grand-père, Tad, meurtri de chagrin, s'adresse à Beth. Il se trouve derrière elle, là où elle ne peut le voir. Il lui promet d'être toujours là, quoi qu'il arrive.

La veuve se retourne vers son petit-fils et lui lance un beau sourire malgré les larmes qui coulent le long de ses joues.

Au cours des siècles, plusieurs créatures paranormales ont été « impliquées » dans des enquêtes policières.

Au xviiie siècle, un cannibale prétend avoir été possédé par un wendigo pour commettre ses crimes. Big Foot serait impliqué dans la disparition de Theresa Ann Bier, et c'est en obéissant à un chien démon que « le fils de Sam » serait devenu *un serial killer.*

Tentative désespérée de s'en sortir ?

Maladie mentale ?

Ou premier contact plus que raté ?

4. Payé au cachet

— Oh non, surtout, ne mange pas ça !

— Mais enfin, laisse-le faire !

Le premier à avoir pris la parole est Bob. Il porte un énorme chapeau vert troué sur le dessus. Il est aussi grand que son porteur et s'affaisse légèrement sur la tête. Sa tenue se compose d'un costume, vert également, beaucoup trop cintré, ainsi que d'un énorme nœud papillon jaune à pois rouges, une tenue qui ne l'aide pas à cacher son embonpoint. Les boutons de sa chemise, sous pression, menacent de craquer et de partir telle la balle d'un revolver. Malchance pour les hasardeuses victimes qui passeraient à cet instant.

Le second personnage est Gus. Lui est très mince et très long, il porte un minuscule chapeau melon jaune tandis que son costume ressemble à un origami de cygne maladroitement exécuté et vieillissant dans lequel il se serait glissé. Il a le front large et ridé. Une fine moustache pointue et tombante est posée au-dessus de sa bouche.

Trois semaines que Bob et Gus ont rencontré le jeune adolescent et le conseillent, l'étudient, le motivent, jouent avec lui. Bref, les trois compères ne se lâchent plus.

Le jeune homme, Tad, a aimé cette complicité dès le début, mais étrangement, depuis peu, il se trouve tendu, en manque de sommeil, absent. Ses proches s'inquiètent sévèrement.

Tout s'enchaîne alors très vite, les parents de Tad l'emmènent voir un spécialiste, un médecin qui va faire des tests approfondis pour établir un diagnostic médical et indiscutable !

On lui dit que Bob n'existe pas et que Gus est le fruit de son imagination. Pire encore, qu'il s'agit là d'une grave maladie du cerveau, que Tad va devoir quitter sa famille, prendre des pilules et rester enfermé un bon moment. En effet, voir deux petits bonhommes de 10 centimètres flotter de chaque côté de son visage, ce n'est pas « normal » !

Tad s'exécute, ordre du médecin. Gus et Bob disparaissent.

Il paraît que Tad va mieux.

Dans le monde des merveilles, Gus et Bob racontent leur histoire aux autres trolls, licornes, korrigans et nymphes. Eux, premiers lutins émissaires de leur royaume, envoyés pour créer le contact et la communication avec les êtres humains, chassés comme des moins que rien et insultés de schizophrénie !

— Les humains ne sont pas prêts, dit l'un.

— On réessayera, dit l'autre.

5. Inspiration

— Tad, mon grand ! Je pourrais te dire ce que tu dois faire, c'est vrai !

Beth, la metteuse en scène de la pièce, parle franchement à son comédien vedette. Elle l'a choisi parmi vingt et un jeunes hommes très talentueux. Le fait qu'il soit le neveu de monsieur Parnus, le producteur, ne fait rien à l'affaire. C'était lui qu'il fallait pour le rôle, sans aucun doute.

Elle sait qu'il n'a que très peu d'expérience : un singe volant dans *Le Magicien d'Oz* et une pub pour Briloss, « la vraie nourriture pour que votre chien devienne un vrai molosse… »

Elle tente néanmoins de l'inspirer, car le théâtre, c'est, selon elle, la passation d'une passion.

— Je pourrais te dire ce que tu dois faire, te donner les indications suivantes : « Va là-bas, parle plus fort, plus comme ceci », mais je veux que ça vienne de toi, de tes tripes ! Tu dois sentir la scène. Tu veux te lever au milieu de la réplique ? Fais-le. Tu veux hurler, debout sur une table ? OK ! Te rouler par terre ? Banco ! Mais ça doit être vrai, juste, sincère !

Encule mes directives et montre-moi l'acteur proposant ce que tu es !
    — OK, compris ! Du coup… je dois faire quoi ?

Le temps est relatif, mais c'est toujours dans les moments de honte
qu'il paraît se dilater infiniment.

6. Besoin d'attention

— Hey, salut !

Ce moment… Juste ce moment où quelqu'un fait signe vers toi. Tu lui réponds plein d'entrain et comprends que l'attention ne t'était pas destinée.

Elle s'adressait à Tad, l'étalon sportif qui se tenait juste derrière toi…

Ce moment… Tu baisses la main à toute vitesse. Tu te mets à transpirer et une colère, immature à souhait, te prend sans que tu n'aies personne sur qui la déverser. Car au même moment, un réflexe fait que ton corps entier se contracte pour devenir le plus petit, le plus compact possible, à défaut de disparaître.

Beth, qui ne t'envoyait aucun signe, pouffe de rire et se fout ouvertement de ta gueule.

Tad, lui, se glorifie d'être la personne concernée par le geste trompeur.

Juste ce moment de merde.

Alors OK, les comédies américaines ont allègrement abusé de ce moment, mais ne raillez pas. Tad, Beth, nous l'avons tous vécu, ce moment, OK ?!

7. Le café du coin

— Salut, Tad !

— Hey, salut, Berny !

— Un café crème ?

— On est jeudi, non ? Un café crème !

Tad est installé en ville depuis seulement 5 mois, mais il a très vite pris ses habitudes au café du coin, *Chez Berny*. Tous les jeudis, il prend une tasse en lisant son journal machinalement, assis sur la banquette du fond. À 27 ans, Tad devrait peut-être passer son temps comme les gens de son âge et non comme les habitués du bar… mais maintenant qu'il les connaît bien, il ne se verrait passer son jeudi après-midi nulle part ailleurs.

Il y a Ed, qui reste toujours au comptoir jusqu'à 16 h 30, l'heure de fin du service d'Emma, sa fiancée qui travaille pour Berny. Gus et Bob qui prennent toujours leurs bières pression près de la fenêtre en jouant aux échecs, le béret bien vissé sur la tête, et Tad.

La lecture des nouvelles fraîches est un prétexte pour le jeune homme ; ce qu'il vient chercher sur cette banquette d'où il peut voir le bar, la salle et même la rue : c'est l'inspiration. Il est un griffonneur comme il aime s'appeler. Dans un carnet à la reliure de cuir rouge, il dessine, croque et écrit ce qui lui vient : de petits poèmes et de petites pensées.

La dernière en date : « Pourquoi diable les cygnes ne parlent-ils pas le langage des signes ? »…

Ce n'est pas celle dont il est le plus fier.

— Comment ça va, toi ? Berny ? demande Tad.

Berny lève les yeux du verre qu'il est en train d'essuyer et lui lance un clin d'œil complètement dénué de volonté. Le genre de signe qui donne pour seule information : « Fiche-moi la paix, pas envie de parler. »

— Ton café arrive.

« Bon…, se dit Tad. Voyons ce qui se passe aujourd'hui. »

La rue est assez calme. Ed contemple sa dulcinée qui ramasse de vieilles cacahuètes comme si c'était la plus belle des choses au monde. Bob peut mettre Gus mat en trois coups. Celui qui gagne a toujours la pression la plus entamée. Et… tiens, voilà bien quelqu'un que Tad n'avait jamais vu dans le café.

Qui peut bien être ce monsieur assis non loin des deux joueurs ?

Il doit bien avoir 55 ou 60 ans, il porte un vieux manteau en velours brun sur les épaules et une vieille casquette sur la tête. Il n'a rien commandé, il se contente de regarder les voitures passer. On dirait qu'il marmonne dans son coin.

Berny arrive avec le café crème.

— Dis donc, Berny, c'est qui ce bonhomme-là ?

— Bien, c'est Ed, enfin !

— Mais non, tu n'as même pas regardé.

— Un client, Tad !

Il n'est vraiment pas d'humeur. Ce bonhomme n'est jamais venu un jeudi, au moins depuis ces 5 derniers mois, et sans verre : client, il n'est pas. Après tout, qu'est-ce que ça pouvait bien lui faire ?

Journée calme, et dans l'établissement et dans son carnet rouge.

Décidé à rentrer chez lui, il se lève, fait un signe à Berny, envoie un clin d'œil à Emma, fait donc enrager Ed et passe à côté de Gus, Bob et du vieux monsieur qui marmonnait toujours.

— Ça, tu l'as dit, bouffi !

— Pardon ?

Pas de réponse, pas même de regard. Tad passe donc la porte et s'en va.

Les jours qui suivent sont fous dans l'actualité : un cambriolage, une star internationale de passage en ville pour un *show*, deux vols à la volée, dont un exécuté devant ses yeux (c'est son croquis qui a permis d'identifier le coupable), deux incendies et autant de choses dont Tad avait hâte de parler avec Berny. Il pénètre dans le café, le sourire aux lèvres ; tout le monde est là : Berny, Emma, Ed, Gus, Bob, et même le monsieur de la dernière fois. Il est à la même table que la semaine passée.

« J'irai faire connaissance tout à l'heure », se dit Tad.

Le jeune homme s'installe, impatient de montrer ses derniers dessins au patron.

— Alors, tu as aidé la police dans une affaire de vol, on m'a dit ? Tu dois te sentir important.

Berny a un œil beaucoup plus complice et joyeux que la dernière fois. C'est beau à voir pour Tad.

— Ça, tu l'as dit, bouffi.

Tad avait parlé un peu fort à cause de l'excitation. Dans la salle, le silence s'installe en un instant. Gus et Bob fixent Berny sans plus penser à leur partie. Ed fait un lent demi-tour sur son tabouret pour faire dos à Emma et au comptoir. Il regarde dans la direction de Tad. Emma s'approche de son patron, le pas vif.

— Berny, ça va ?

— Ça va, ça va…, dit Berny qui semble livide, en état de choc. Le petit ne pouvait pas savoir.

En finissant sa phrase, Berny se met à marcher, il passe derrière son comptoir et franchit la porte de l'arrière-boutique.

Une fois le patron parti, Ed et Emma se précipitent sur Tad.

— Sans rire, c'était involontaire ?

— Ed ! Évidemment que ça l'était…

— Mais quoi, bon sang !? demande Tad.

« Ça, tu l'as dit, bouffi », chuchote intensément Ed.

— Chéri, c'était l'expression préférée de Roberto, le frère de Berny.

Emma essaye de dire la suite de sa pensée avec douceur et pudeur :

— Il est décédé il y a un peu plus d'une semaine…

— Mais enfin, dit Tad, c'est juste une expres… Il s'arrête au beau milieu de sa phrase, il ne sait si c'est par gêne ou par respect. Les autres ne restent pas très longtemps et retournent vaquer à leurs occupations, le laissant seul et mal à l'aise sur la banquette de faux velours vert. Après quelques instants, Tad relève la tête et croise le regard froid de l'inconnu. L'homme a l'air triste. Il le fixe sans animosité. Il le fixe simplement. Tad se lève, prend ses affaires et sort de l'établissement.

La semaine suivante, aucune actualité particulière que Tad pourrait se mettre sous la dent. Vivement qu'il se passe quelque chose chez Berny qui pourrait nourrir son carnet à griffonner.

Quand il entre, il fait un signe de la main à Gus et Bob. Ceux-ci ne relèvent pas la tête, ils fixent leur jeu, mais la partie n'est même pas engagée que leurs verres sont déjà vides. Chaque pièce reste bien alignée à sa place. Tad passe entre les tables et remarque que son inconnu est absent et qu'Emma est seule derrière le comptoir, face à un Ed assis comme à son habitude. Aucune trace de Berny, nulle part.

— Café crème, chéri ?

— *Sorry*, Blondie, tu sais que je ne réponds qu'au grand patron…

Tad est fier de son trait d'humour et de son imitation d'un quelconque acteur de seconde zone dans un mauvais film de mafia.

— Tad, trésor… Berny est décédé hier matin. Il a eu une crise cardiaque dans l'arrière-boutique. C'est Ed qui l'a découvert en venant m'aider pour les vidanges. On aurait voulu te prévenir, mais on ne savait pas comment te joindre. On l'enterre samedi… Ça va, trésor ?

— … Oublie le café.

— Pas de souci, n'hésite pas si tu veux discuter. Berny t'aimait beaucoup.

Tad reste assis, de nouveau choqué, sur sa banquette de mauvais goût. Quel coup de massue ! Quelle mauvaise veine de mettre deux fois de suite les pieds dans le plat ! Berny, mince !

« Quelle banquette de merde », pense-t-il.

Il comprend vite que tous étaient venus pour rendre hommage au grand patron du bar de la meilleure des façons, en laissant son café ouvert le « jour des habitués ». Même si le cœur n'y était pas, ils étaient là !

Après de longues minutes lourdes et silencieuses, flirtant avec le quart d'heure, la porte s'ouvre et deux hommes entrent bruyamment. Ils ont le ton de parole de deux copains qui se chamaillent pour savoir qui d'eux, la jolie passante avait regardé en premier.

« Bon sang de Bon Dieu, on est en deuil, nous ! Un peu de calme », se dit Tad à deux doigts de passer de la pensée à la parole.

Les deux hommes s'installent à la table voisine de Bob et Gus. Leur dispute fraternelle ne semble déranger personne d'autre. Tad se met à les fixer intensément, essayant furieusement d'attirer leur attention, mais sans oser les aborder directement.

— Tu l'as dit, bouffi.

… La réplique marque, comme une claque, le visage de Tad devenu un peu pâle et hébété. L'inconnu !

Une étrange culpabilité étreint alors le jeune homme, il a presque envie d'aller le voir pour s'excuser et lui annoncer la triste nouvelle.

Ce serait plutôt à Emma de l'avertir, mais elle ne veut sûrement pas risquer de faire fuir un nouvel habitué.

D'un coup de tête, le deuxième personnage dévoile son visage sous un béret de laine.

— Berny ?!

Tad, très ému, arrive tant bien que mal à se maîtriser. Il regarde les retrouvailles des deux frères, que lui seul semble voir, pendant bien vingt minutes. Puis, il sort son carnet et griffonne des dizaines de dessins de ce beau moment suspendu.

Malgré le cliché, un faible pourcentage des personnes atteintes du syndrome de Gilles de la Tourette ont des tics de langage comme une grossièreté involontaire. Principalement, il s'agit de spasmes musculaires incontrôlés.

8. Gilles

— Bon Dieu de bordel de connard !

Cela fait 12 minutes que le repas de famille a commencé, Tad et sa femme Beth reçoivent les parents de celle-ci: monsieur et madame Parnus, ainsi que sa sœur et son nouveau fiancé, Bob. La table est magnifique, Beth a voulu impressionner sa mère : chandelier, vaisselle de porcelaine et ronds de serviette en métal. Madame Parnus, une fois assise, n'a d'ailleurs pas manqué de signaler que ceux-ci ne sont pas en argent.

Alors que n'importe qui aurait été choqué, l'éclat de voix de Tad n'est relevé par personne, mais il laisse planer un silence empli de malaise dans l'assemblée. Le silence de ceux qui « ne disent rien, mais n'en pensent pas moins ».

— Je vous prie de m'excuser. Je suis confus, dit-il en s'asseyant sur sa chaise.

— Tu n'as pas besoin de t'excuser, mon chéri. J'ai prévenu tout le monde ce matin. Il n'y a aucun problème, personne n'ignore que tu as cette saleté de maladie. N'est-ce pas, Papa ? Ce n'est pas grave ?

— Non, bien sûr, ma chérie.

Monsieur Parnus répond à sa fille sans quitter sa cuillère des yeux. Il l'agite dans sa soupe au potiron comme s'il cherchait en elle une échappatoire à cette soirée.

— Maman ?

— Ma chérie, tu as toujours été attirée par des originaux. Un mois et demi que tu baignes donc dans ces insanités ?

— Et comme je viens de le dire, je le comprends très bien et il n'y a aucun problème.

Les deux femmes restent un moment à se fixer l'une l'autre en se défiant. Pendant ce temps, Catherine et Bob se contentent de manger leur soupe. Tad, lui, commence à frapper la table frénétiquement avec sa main gauche, mais Beth vient poser la sienne dessus pour le calmer.

— Dites-moi, Tad, cela a dû être compliqué pour trouver un travail, de bureau qui plus est. Comment cela s'est-il passé ? Pas de crise pendant l'entretien avec le recruteur ?

— Non...

Tad répond sans trop regarder madame Parnus, ce qui est difficile : elle est assise pile en face de lui. Il existe des situations dans lesquelles les personnes stressantes peuvent accroître les crises.

— Tout le monde ne s'arrête pas aux premiers détails, maman. Ses patrons ont été très compréhensifs, ils lui ont même donné un bureau séparé pour qu'il ne se sente pas observé constamment.

— Bien sûr, ma puce. C'est pour ça.

Les doigts de Beth se serrent très fort sur sa fourchette. Elle déteste quand sa mère l'infantilise pour garder la main sur le débat.

Cette fois, c'est Tad qui vient soulager la main de sa compagne avec la sienne.

— Putain de merde ! dit-il.

— Je suis bien d'accord, chéri.

— Moi, je trouve tout cela formidable ! dit Catherine, fascinée par la scène. C'est vrai, combien de fois n'a-t-on pas rêvé de pouvoir crier sur des types louches qui vous reluquent dans la rue, insulter son patron, maudire les embouteillages de la quatrième ou… je ne sais pas, moi, simplement pouvoir exprimer ses frustrations intérieures par un bon « Bordel » !

— Catherine, tu ne vas pas t'y mettre !

— Mais si, maman, je suis sérieuse, qu'est-ce que ça doit être libérateur ! En fait, Tad, c'est cette société de coincés qui décrète que vous êtes malade, et en soi, vous l'êtes parce que vous ne contrôlez pas ce qui vous arrive. Je dis que ces gens qui se contrôlent constamment et tombent dans les burn-out et les médicaments sont au moins aussi malades que vous ! N'est-ce pas, mon chéri ?

— Bien sûr, mon amour.

Bob aime généralement abonder dans le sens de sa future épouse, mais ce soir, il rencontre ses futurs beaux-parents pour la deuxième fois seulement et il doit toujours tenter de faire bonne impression, surtout à madame sa belle-mère. La première rencontre s'était plus ou moins bien passée. Cependant, les Parnus auraient souhaité que leur fille trouve mieux qu'un simple enseignant.

En validant la remarque de Catherine, Bob se sent foudroyé du regard par celle qu'il espère tant mettre dans sa poche. Il se dit qu'il devra tout reprendre à zéro après cette soirée. Au moins, on ne parle plus de lui.

— Merci, frangine, ça nous touche beaucoup.

Catherine se lève en défiant tout le monde

— Et si nous le faisions tous ?

— Mon cœur, tu devrais peut-être te rasseoir… Bob est de plus en plus mal à l'aise, il ne cesse de jeter des coups d'œil nerveux à monsieur et madame Parnus. Ses mains deviennent moites.

— Catherine, cesse de te donner en spectacle, pour l'amour du ciel.

— Non, chère mère, je ne fais que commencer, tu verras, ça te fera du bien à toi aussi. Qu'est-ce que tu en dis, Beth ?

— Tu veux qu'on se mette à insulter la terre entière pour se faire du bien ?

Beth prononce cette phrase en riant. Elle réalise à quel point cela pourrait effectivement marcher. Elle se lève et entraîne Tad avec elle.

— Tu pourras tout donner, mon chéri, sans t'excuser.

Catherine lance alors un regard à Bob. Celui-ci veut certainement dire : « Prouve-moi que j'ai raison de t'épouser et lève-toi ! » Il se lève donc.

En un instant, tout l'appartement se remplit d'un brouhaha assourdissant allant de la plus petite vacherie au plus gros des gros mots. Tous les convives s'en donnent à cœur joie ; même Gus, qui met de côté sa mission avec la mère de Catherine, se prend au jeu. Les seuls silencieux sont les Parnus.

À bout de souffle, tous se rassoient d'un coup sur leur chaise. Madame Parnus prend la parole, elle n'avait pas quitté son potage des yeux.

— Était-ce vraiment nécessaire ?

— Tu n'as pas idée à quel point, crient Catherine et Beth d'une même voix avant d'éclater de rire.

Quelqu'un frappe à la porte.

— J'y vais, putain de merde, ta gueule, propose Tad en se levant. Il quitte donc la pièce et ouvre la porte d'entrée au bout d'un petit couloir qu'il n'a pas pris la peine d'allumer.

— Tad ! Bordel, Tad, c'est toi ?!

— Mavric ? Mavric, bon Dieu de merde, qu'est-ce que tu fais là ?

L'homme étreint Tad presque de force. Dehors, il pleut, Mavric Jones tente de profiter de l'accolade pour entrer et sent une franche résistance dans le corps de Tad.

— J'ai besoin de toi, mon poto ! J'ai besoin d'un endroit où me cacher, ou si c'est pas possible, de 2500 francs pour me mettre à l'ombre un moment… Tu peux faire ça pour moi, hein ? Allez !

— Connard ! Tu te fous de moi, je ne peux pas, là, putain, je suis avec Beth et sa famille. Putain, il faut que tu partes maintenant.

— Beth ? La petite pupute qu'on t'a forcé à aborder dans ce bar ? Je n'y crois pas, tu es toujours avec ? En plus, tu devais l'aborder avec un gage ! Qu'est-ce que c'était… ?

— Ta gueule maintenant, je ne peux pas t'aider, putain, salut !

Tad, très tendu, ferme la porte et s'affaisse quelques instants, dos à elle, pour respirer.

— Tad, Tad ! Écoute-moi ! Marco ! Marco Di Fonzo, tu te souviens ? J'ai déconné avec Marco, Tad, tu dois m'aider, il a envoyé ses gars après moi ! Tu dois me passer ce fric !

Tad s'éponge le front, ferme le verrou et retourne vers ses invités.

— Qui était-ce, mon chéri ?

— Un ami d'université, putain, ta gueule, il était dans une galère de merde de chiasse et il me demandait de l'aide… Pas pu le faire.

Le repas reprend donc. Les sœurs rient. Bob approuve sa fiancée. Tad jure et les Parnus jugent tout cela, plus ou moins silencieusement.

Au moment du dessert, on frappe à nouveau à la porte.

— Laissez, je m'en charge, dit Catherine.

Tad et Beth sont dans la cuisine et préparent les glaces.

Bob est donc seul à table avec ses futurs beaux-parents. Maladroitement, il tente :

— Il fait froid en ce moment, on a failli pas pouvoir démarrer la Punto.

— Glacial. Le ton de madame Parnus correspond très bien à sa réponse.

Le jeune homme transpire et espère le retour de Catherine le plus vite possible. Un instant plus tard, un cri venant du couloir de l'entrée résonne dans toutes les pièces. Catherine revient dans la salle à manger en trébuchant, poussée par l'arrière. Un homme cagoulé et armé d'un revolver la suit.

— Catherine ! crie Bob.

Tad et Beth se dépêchent de venir voir ce qui se passe.

— On ferme sa gueule et on reste sages, OK ? ordonne l'intrus. Si vous faites ce que je dis, il n'y aura pas trop de casse.

— Mavric ? Espèce de fils de pute, qu'est-ce que tu fais ?

Tad reconnaît l'homme qu'il n'avait pas aidé plus tôt, malgré la cagoule.

— C'est pas cool de me fermer la porte au nez, Teddy !

Les Parnus se sont levés et collés contre un mur. Monsieur Parnus s'est placé devant sa femme.

— Catherine n'a rien ?

Beth a sa sœur dans les bras. Elle ne peut s'arrêter de pleurer.

— Non, maman, elle est choquée, c'est tout.

— Mavric, t'es sérieux de venir faire ça chez moi devant ma femme et sa famille ?

— Ta femme, laisse-moi rire, on t'a envoyé l'accoster pour la blague, je te rappelle ! J'ai besoin de fric, Tad. Les gars de Marco, tu les connais. J'veux pas crever, moi ! Alors, filez-moi 6000 francs et je disparais.

— Tu te fous de moi ? C'était 2500 tout à l'heure.

— Qu'est-ce qui se passe, Tad ? crie Beth, mais celui-ci reste focalisé sur l'homme armé.

La famille Parnus est dispersée dans la pièce, tous sont dans une sorte de tétanie rappelant un lapin devant les phares d'une voiture.

Chaque muscle est contracté, les fronts transpirent et les corps de plusieurs envoient un mal de tête et une perte d'équilibre. C'est la tentative naturelle de l'organisme de se protéger en proposant une sorte de fuite par l'évanouissement. Mais tous tiennent bon.

— Ouais, mais maintenant, c'est 6000, fallait accepter tout à l'heure ! Et puis, j'te demande pas ton avis ! Passez-moi la thune ou je vous dézingue !

— Et tu feras quoi après ? demande Tad.

Pendant ce temps, Bob a rejoint les deux sœurs pour les protéger et monsieur Parnus s'avance d'un pas. Il sort une liasse de son portefeuille.

— 6000 francs, vous avez dit ?

— Recule, papy ! dit Mavric en pointant son arme sur l'homme.

— Il doit y en avoir pour 7200 francs là-dedans, prenez tout et partez ! Je vous en prie, ne faites pas de mal à mes filles.

Mavric s'approche et prend la liasse. Il se dirige vers la porte d'entrée, toujours l'arme à la main, et dit à Tad :

— J'avais pas le choix, tu le sais !

— Prends ta thune et pars, répond Tad, sans aucune insanité en bouche.

La porte se referme, le silence s'installe et tous les convives regardent Tad.

Le 11 septembre 2014, au nord
de Londres, un homme a réussi
à cambrioler un épicier en utili-
sant… l'hypnose. L'homme aurait
été mis en transe, permettant au
voleur de le délester de sa caisse.

Un crime à esprit armé ?

9. L'hypnose

— À table, les enfants ! C'est presque prêt.

Beth, 37 ans et mère de famille, prend un malin plaisir à prouver, une nouvelle fois, sa fameuse théorie : les femmes, contrairement aux hommes, sont capables de faire plusieurs choses en même temps. Remuer la sauce d'une main, enlever la poêle de légumes grillés du feu de l'autre, avoir au même moment un œil sur le minuteur et l'autre sur son fils et son mari en train de se battre à coups d'oreillers dans le salon. C'est tout de même une performance !

— Chérie, je suis quand même un adulte, moi, c'est vache, ça, comme remarque !

Tad, le père, réagit après deux minutes, ce qui ne légitime pas son affirmation. Fort heureusement, Beth aime sa famille plus que tout au monde, elle ne lui répondra que d'un clin d'œil accompagné d'un petit sourire en coin.

Le repas se met donc en place dans cet appartement de vacances en bord de mer. Tad a travaillé dur, toute l'année, pour leur offrir cette semaine à la côte. Toute la petite famille s'est mise d'accord pour en profiter pleinement. Cependant, un peu d'organisation est nécessaire. Les hommes mettent la table pendant que Beth apporte les plats.

Tad est un peu maniaque sur les bords : les assiettes doivent être placées à équidistance les unes des autres sur la table de la salle à manger. Le vin, l'eau, le sel et le poivre sont disposés au milieu. En levant les yeux, il se rend compte que Gus, le troisième larron, place le couteau à gauche de son assiette. Il retient son souffle et prépare une phrase dans sa tête. En bon père, il s'apprête à dire quelque chose comme : « Non, mon chéri, pas comme ça, les couverts, de l'autre côté. » Papa ne prononcera jamais ces mots.

À cet instant, le visage de Gus devient livide, marqué par une peur palpable. Un énorme bruit retentit. Tad, dos à la cuisine, se retourne d'un bond, paniqué.

Dans l'appartement, les plumes des oreillers sont dispersées partout dans le salon, traces d'une bagarre enfantine dont le vainqueur reste encore à déterminer. La table est dressée et les assiettes sont placées à équidistance, le vin est au milieu avec l'eau, le sel et le poivre. Les couteaux sont à gauche et les fourchettes à droite. Il ne fait pas chaud, le thermostat indique 20 degrés. Il règne, tout de même, une atmosphère lourde et malsaine. À présent, elle envahit tout l'appartement, on y transpire à grosses gouttes. À terre, les légumes et la casserole de pâtes sont renversés, l'eau encore bouillante coule en direction de la véranda, ce qui trahit un léger dénivelé au niveau du sol.

À terre également, sur la jonction entre les carrelages de la cuisine et ceux de la salle à manger, le corps de Beth.

Le silence qui s'installe est, pour Tad, presque aussi long et insupportable que le cri de Gus qui suit.

Les policiers viennent faire des trucs de policiers et les experts des trucs d'experts… Tad ne sait plus très bien où il en est. Il écoute à peine ce que l'agent en face lui raconte. Il est sur le balcon extérieur, son regard s'arrête brièvement sur les scellés qui ont été installés près du corps. Ce n'est pas comme si on le soupçonnait de quoi que ce soit, mais personne ne doit déranger Beth.

« Ces bandes en plastique jaune ne vont pas du tout avec l'intérieur », se surprend à penser le jeune veuf.

Gus est à l'extérieur avec une policière qui tente de lui changer les idées.

« Bonne chance, pauvre idiote », se dit-il encore. À présent, son regard est fixé sur son fils. Cela dure longtemps, il ne cligne pas de l'œil. En réalité, une seule question tourne en rond dans sa tête : « Pourquoi, mais enfin pourquoi… nom de dieu de merde, pourquoi est-ce que tu ne pleures pas ?! »

Trois semaines plus tard, père et fils ne tentent pas de reprendre une vie normale. Ils subissent la leur, simplement. Gus n'a pas dit un seul mot depuis « l'incident » et Tad déprime, boit… beaucoup. Le mutisme de son enfant le rend dingue. Pas un son ne sort de sa bouche, pas une larme ne coule sur sa joue, est-ce bien normal ? Tantôt, son papa tente de le faire parler en étant doux et gentil :

— Hey, regarde qui j'ai retrouvé sous ton lit, Captain Dino ! Ça te plaît de le revoir ?

Tantôt il craque, hurle et puis s'effondre en suppliant son fils de lui parler.

— Parnus ! Le docteur Parnus peut t'aider, lui, c'est certain, c'est un grand hypnotiseur. Il m'a aidé à vaincre ma phobie des rongeurs, un magicien, je te dis.

Bob empeste la bière à plein nez, mais après six semaines sans amélioration, Tad prend tous les conseils au sérieux, même s'il se demande quel rapport lie la mort de sa femme et sa peur d'une musaraigne.

Il se rend donc chez le docteur Parnus avec Gus, à l'autre bout de la ville. La route est longue, encore plus longue à cause de ce silence pesant qui alourdit la voiture. La maison du docteur est en haut d'une butte qui surplombe un quartier très charmant en apparence. C'est vrai, les maisons sont colorées, les allées dégagées et les pelouses et autres arbustes bien taillés.

En fait, la seule bâtisse qui dénote dans ce rêve américain des années cinquante, c'est la maison qui le surplombe, en haut de cette butte. Elle est austère et sinistre comme si elle sortait d'un roman graphique gothique des années 80.

Tad, véritable puits de science cinématographique, tente de ne pas repenser aux différents classiques de l'horreur : *Frankenstein, Dracula, Le Laboratoire du Professeur Caligari*. Bref, tous les films où les habitations les plus étranges sont les plus dangereuses.

Pour dire, au moment de sonner à la porte, il s'arrête et imagine qu'il va entendre le tintement grave de la maison de la famille Adams. Il appuie… Sonnerie normale, c'est presque décevant.

Parnus est un vieil homme, froid, à l'air cadavérique. Son visage est dur et fermé. Tad ne sait pas trop comment aborder la chose.

— Vous avez de quoi payer ? demande Parnus.

Tad répond « oui ».

« Le vieux n'y va pas dans la dentelle, pense-t-il, ce sera donc sans préliminaires. »

La maison que père et fils découvrent est sombre, sans fenêtre et remplie de choses mystérieuses : un cabinet de curiosités dans le coin du salon, des peintures sur les murs au minimum dérangeantes ; elles représentent différents stades de décomposition – de quoi, Tad l'ignore, et c'est mieux ainsi. Devant l'homme, une bouteille de whisky pur malt. Tad n'y connaît rien, mais lui qui n'aime que le vin et les bières blondes se dit que le contenu de cette bouteille doit être dégueulasse.

Il commence à expliquer toute l'histoire et s'interrompt très vite.

— Gus doit-il rester ?

Parnus fait un geste nerveux lui intimant de continuer. Une fois l'histoire finie… encore un long silence. Au bout de quelques minutes, le vieil homme se lève et se dirige vers Gus, ce qui inquiète son père. Parnus le regarde dans les yeux et d'un coup, il siffle, d'un son aigu et fort. Le petit garçon tombe, endormi. Ensuite, le vieillard, qui n'avait pas pris la peine de retenir l'enfant dans sa chute, s'abaisse péniblement au niveau du sol et chuchote à l'oreille du garçonnet. Tad aimerait réagir, réagir, gifler cet empaffé de vieux fou. Il est venu pour qu'on aide son fils, pas pour qu'on l'endorme et qu'un vieux machin lui chuchote on ne sait quoi dans son sommeil.

Mais il se sent comme paralysé, et ce qu'il arrive à bredouiller, c'est simplement : « Qu'est-ce que vous faites ? Il va… »

— Un mot, un seul mot sera la clé de votre salut. Quand notre entretien sera fini, vous et votre fils oublierez votre peine, et votre venue ici. C'est comme si l'accident n'avait pas eu lieu, j'ai mis cet événement dans une boîte et cette boîte dans une autre et celle-ci, encore, dans un recoin sombre de son esprit.

Il va refouler la mort de sa mère et l'oublier sim-plement pour se concentrer sur les bons souvenirs. Mais j'ai dû placer une clé à ces boîtes, c'est comme cela que ça marche ! Si par malheur lui ou vous entendez un mot précis, tout vous reviendra en mémoire, à tous les deux !

Pendant l'explication de Parnus, celui-ci se relève et fond sur Tad en lui tendant son doigt maigre au visage.

— Rassurez-vous, j'ai choisi un mot rare, peu com-mun et qui n'est normalement pas entendu des enfants de son âge. Ce mot est…

Parnus se penche pour chuchoter « la clé » à l'oreille du jeune homme.

Quelques secondes plus tard, Gus se relève et voit son père.

— Salut, papa… Dis, où est-ce qu'on est ?

— Salut, mon grand ! Monsieur ? Que fait-on ici ?

À cet instant, Parnus a un grand sourire et une mine bienveillante.

— Comme je vous le disais, cher Monsieur, vous vous êtes égarés. Retournez plus bas dans la rue, on vous indiquera le chemin.

Un peu hébété, le père prend son fils dans ses bras, remercie cet aimable inconnu et sort pour rentrer chez lui.

Trois mois se sont écoulés depuis la rencontre avec Parnus. Gus chante, joue, court et profite de sa vie de petit bonhomme auprès d'un père célibataire, heureux comme un fou. Très souvent, le salon est recouvert de plumes d'oreillers.

Aujourd'hui est un grand jour : une troupe de théâtre vient jouer son spectacle dans l'école de Gus. Tad et lui seront au premier rang !

À l'heure du spectacle, beaucoup d'enfants et de parents sont dans la salle des fêtes de l'école, et tous s'amusent beaucoup. Une histoire de chevalier, de dragons et de princesse à sauver. Gus est même invité sur scène pour aider les courageux héros. On lui met un heaume, une cape et on lui donne une épée en bois. Il est doué, il s'amuse comme un fou et même les comédiens se regardent en riant. Tad a les mains rouges à force d'applaudir, il est très fier de son garçon.

« Attention, chevalier Gus ! dit un des protecteurs du royaume. Voici venir un mage méchant comme le tonnerre qui amène avec lui des calamités. Prends garde à… »

D'un coup, Tad cesse d'applaudir et Gus laisse tomber son épée, leurs cœurs se serrent et le mot résonne dans leurs crânes comme le tintement d'un gros bourdon au sein d'une cathédrale. Le garçon enlève son casque. Dans la salle, il regarde son père, les larmes coulent sur ses petites joues. Au milieu du premier rang, parmi la foule qui se demande ce qui se passe, Tad sanglote et murmure : « Pardon. » Il se sent impuissant face au regard de son fils, lui-même observé de toutes parts par les spectateurs.

Parnus est passionné de phénomènes climatiques, il venait de lire un livre sur les grands vents quand père et fils sont venus chez lui.

Nimbostratus : Nuage bas et calamiteux créant une épaisse couche sombre et amenant parfois le tonnerre. C'est le nom du mage, c'est la clé de l'esprit de Gus. En une seconde, tout leur revient : les oreillers, les couverts, le sourire en coin, le clin d'œil, le cri, le bruit, les banderoles jaunes… Gus n'a pas l'air triste, mais rempli de haine envers son père. Il quitte la salle, en laissant en plan les comédiens, le public et Tad qui s'empresse de le rattraper.

Pendant des jours, Tad, conscient du mal fait à son fils, l'implore de le pardonner, à cor et à cri, à pleurs, à supplications. Son fils lui répond que la vie loin de lui serait idéale : « Emmène-moi chez mes grands-parents ou même dans un orphelinat, du moment que je ne te vois plus. »

C'est comme si Beth mourait une deuxième fois. Perdu, plongé dans une culpabilité profonde et déchirante, noyé de larmes, Tad prononce pour seuls mots : « D'accord, on va faire ta valise. »

On n'entendra plus jamais parler de Parnus et Tad ne reverra jamais son enfant.

Cette histoire ne dit pas si le petit eut une belle vie, seulement que son père n'osa plus jamais se présenter devant lui. Tad toucha le fond assez longtemps : soirées arrosées, pensées suicidaires et idées noires.

Mais dans son errance, il prendra une décision : apprendre l'art de l'hypnose, en connaître tous les secrets. Quand il était enfant, son père lui avait dit qu'une personne bien hypnotisée pouvait se mettre à voler si elle était réellement persuadée d'être une colombe.

Tad souhaite en tout premier lieu répondre à ces deux questions : « La chose aurait-elle pu se passer autrement ? » et « Puis-je aider les gens pour qu'ils ne vivent pas la même expérience que Gus ? »

Et si la réponse était « oui » aux deux questions…

Au musée de Thirsk, il y a une chaise maudite qui tue les malheureux qui se mettent dessus, elle est atta-chée à deux mètres de haut pour que personne n'y pose ses fesses. En Écosse, un pont fait se suicider les chiens. Et à Jérusalem, une échelle n'a pas bougé depuis plus de trois siècles… Non, ça n'a rien à voir.

10. Ange Gardien

— J'y vais !

Sur le grand pont d'une petite ville britannique, Mavric, Bob et Ben, mes amis, me laissent tomber pour continuer à arroser leur soirée, ailleurs.

Bob, c'est le petit nouveau de la bande, il ne tient pas l'alcool, mais nous suit dans nos déboires pour ne pas passer ses soirées seul. À trois heures trente du matin, cependant, il dégobille ses cinq verres de whisky et ses deux bières sur le coin d'une école primaire. Ben, lui, pisse ses breuvages sur le mur du même établissement.

Mavric, lui, rit de la « faible » résistance du « nouveau » tout en reculant malgré lui, sous l'effet de sa propre consommation de pur malt.

Heureusement pour lui, la barricade du pont ne se trouve pas loin derrière.

Ce con n'aurait pas apprécié la honte d'une chute en public et devant ses comparses de toujours.

En les regardant, il se trouve soudain captivé par la courte distance qui sépare le visage barbouillé d'un Bob toujours plié en deux de la queue d'un Ben pissant et gémissant d'aise. Les deux gars ne semblent pas gênés par cette promiscuité. S'en rendent-ils seulement compte ?

La perception des distances de Mavric est-elle confuse ? ou ces deux-là sont-ils vraiment devenus très proches ?

Il se met à rire grassement.

Ce pont, dans notre soirée, est un passage obligé, car tout le monde sait en ville que quand les bars du côté EST ferment, ceux du côté OUEST ouvrent jusqu'à midi.

Trois jeunes femmes passent sur le pont et prennent leur chemin entre Mavric et les autres, le sortant de sa contemplation malsaine.

— Hey, les filles, z'allez pas passer la soirée seules, quand même ?

Les jeunes femmes, en se retournant, éclatent de rire face à ce troll qui ne peut plus tenir debout que grâce au pont.

— Va rejoindre tes amis plutôt, sac à vin !

— Oui, peut-être qu'une aventure à trois leur ferait plaisir.

Elles reprennent leur route, toujours le sourire aux lèvres et l'œil goguenard.

Mavric se dit avec fierté qu'il avait bien estimé la distance qui séparait les deux hommes, comme tous les passants d'ailleurs !

— Je crois que tu as vomi sur mes chaussures ! marmonne Ben en reboutonnant son pantalon.

Mavric décide de prendre les choses en main.

— Bon, les gars, ça y est, on peut y retourner ?

J'aimerais qu'il y ait encore une table de disponible pour nous quatre quand on arrivera chez Berny !

Tiens, d'ailleurs, il est où, Tad ?

Les trois hommes tournent maladroitement sur leur axe pour essayer de trouver le perdu de la bande.

Enfin ! Enfin, ils se demandent où je suis ! Je ne m'attendais pas à mieux de toute façon.

23 minutes, ça leur a pris…

Ils me voient assis, sur le bord du pont, de l'autre côté de la rambarde, du mauvais côté.

— Encore ! crie Gus. Ça ne s'arrange vraiment pas, sa dépression…

Connard !

— Ne vous inquiétez pas, les gars ! Il ne le fera jamais… Allez, on va s'en jeter un ?

Ces trois trous du cul continuent leur route et quittent le pont assez vite, en titubant.

Les regardant partir, je me surprends à réfléchir sur l'homme ivre. Contrairement à ce qu'on pense, il n'est pas déséquilibré dans sa démarche. Non, il serait dans un contrôle constant de lui-même, calculant la trajectoire idéale, parfois, pour éviter un maximum d'obstacles, d'où l'allure titubante.

Conneries… Pour moi, mes « amis » trébuchent d'un bar à un autre, tout simplement.

J'ai 46 ans, célibataire, triste, misérabiliste et hypnotiseur de métier. Les contrats intéressants sont rares en ce moment, alors, je bosse aussi dans le Parnus Museum. Il paraît que je parle sans cesse de mettre fin à mes jours et, cette fois, ben, mes couillons, c'est pour ce soir !

Oui, je blague sur le sujet parfois, mais avec souvent un fond de sincérité.

L'enfant qui criait au loup peut-être ? C'est peut-être à force d'en avoir trop parlé que personne ne me croit plus aujourd'hui. Mais c'est aujourd'hui. Et le départ je-m'en-foutiste des autres agit comme un défi supplémentaire, une provocation.

Le pont, ce pont, c'est là que j'ai… Et aussi… Sur ce pont, j'ai eu…

Quelle importance ?! C'est ce pont, c'est tout ! Et puis le plus proche est à cinq kilomètres, alors…

Est-ce que j'ai fait tout ce qu'il fallait ? Est-ce que je me suis bien préparé ?

Bof, je n'ai pas laissé de lettre, tout simplement, car je ne savais pas à qui la laisser, si même quelqu'un allait la lire. Et disons-le franchement : écrire me gonfle. Mes amis ne me croient pas et mon patron ne sait rien. Ah, ce con de monsieur Parnus, je le vois s'arracher les cheveux en ne me voyant pas arriver demain matin.

— Retrait sur salaire ! Retrait sur salaire et rapport, Tad !

Tu sais où tu peux te le mettre, ton rapport ? Bouffon !

Il fait froid ce soir.

Froid et sec, comme le whisky qu'est en train de s'enfiler Gus… Dégueulasse.

Ce pont a été bâti en 1874…

C'est la meilleure manière de faire. J'y ai beaucoup réfléchi. Et puis, cela me semble être une des solutions les moins douloureuses. Je suis un garçon douillet.

Tiens, un truc brille dans l'eau.

Je suis assis sur la balustrade depuis bien 35 minutes et personne ne s'inquiète.

En me penchant pour regarder le point lumineux, je manque de glisser et me rattrape de justesse. Ah ! Je me marre ! Je ne sais pas ce qui est le plus drôle : venir là, convaincu, et manquer de tomber involontairement ou avoir eu le réflexe de se rattraper…

L'eau est calme et sûrement froide. Si Leonardo DiCaprio passait en train de flotter, je lui crierais : « Crétin ! Il y avait de la place pour deux, sur cette putain de planche ! »

Quand même, que faudrait-il faire pour qu'un passant ou une passante, encore mieux, vienne me tendre la main, me consoler et m'offrir un café ?

« N'importe quel psychiatre, psychologue, psychothérapeute ou assistant social dirait que Tad n'a aucune envie de sauter. Ce n'est que du cinéma enfantin pour attirer l'attention dans le but de trouver une oreille, un réconfort et de déverser gratuitement tout ce qu'il voudrait dire et que personne ne souhaite écouter.

Un peu comme les enfants, qui chutent sans se faire mal, mais pleurent quand ils sont vus de leurs parents pour recevoir le câlin et le bisou légitimes à la suite de ce traumatisme. »

Je n'ai jamais compris la différence professionnelle qu'il y a entre tous ces psys, mais j'ai toujours été amusé de les voir et de les entendre toujours très pressés de clarifier qu'ils sont l'un plutôt que l'autre.

Qu'est-ce que ça peut être, ce truc brillant dans la flotte ? Ça caille, la vodka que j'ai bue toute la soirée ne me réchauffe plus du tout.

Au bout d'un moment passé à réfléchir et délirer, malgré la belle introspection que cette situation incongrue m'a apportée, je me penche un peu sur le rebord de pierre, car mon objectif n'a toujours pas changé.

— Salut !

— Oh putain, la vache ! Je n'avais pas vu la fille s'approcher de moi et je dois me rattraper de justesse une nouvelle fois. Cette fois-là ne me fait pas rire.

— T'es qui, toi ?

La fille est bien plus jeune que moi, elle doit avoir quatorze ou quinze ans. Elle passe la balustrade et s'assied à quelques mètres.

— Oh là, t'es folle ? C'est dangereux !

— Pas de souci, j'ai l'habitude. Et toi ?

— Quoi, moi ?

— T'as l'habitude, toi ?

Qu'est-ce que c'est que cette question ?! Bon, je regarde devant moi et j'essaye de ne pas faire attention à la gamine. Elle partira d'elle-même !

Malgré tout, je suis là, assis, et elle est juste à côté de moi… Si elle tombe, je ne voudrais pas être accusé de quoi que ce soit…

« Mais putain, qu'est-ce que tu t'en fous, Tad ? T'es venu là pour sauter, on peut t'accuser de rien si t'es mort. Le reste, c'est son problème à elle. »

Elle ne me semble pas très nette. Premièrement, parce qu'elle est assise sur le rebord d'un pont et que ça a l'air de la faire marrer. Ensuite, elle n'est pas du tout habillée pour la saison. Il doit faire près de zéro degré et elle porte un uniforme scolaire d'été : chemise blanche, cravate et jupe à carreaux.

Je n'ai jamais vu cet uniforme.

« Soit elle n'est pas d'ici, soit elle a piqué la tenue que portait jadis sa grand-mère… Pas nette, cette fille, pas nette. »

— Il fait froid, non ? dit-elle.

« Sans blague. »

La jeune fille qui avait un air très enjoué, ce qui est étrange dans ces circonstances, prend le temps de se calmer. Elle respire profondément et regarde au loin, la tête appuyée sur un pilier de pierre.

À cet instant, pour moi, elle attrape un air bien plus mûr qu'il y a deux minutes. À présent, on dirait une jeune adulte.

C'est qui, cette gosse ?

Les passants ne sont pas plus affolés depuis que nous sommes deux sur le bord du pont et des passants, à cette heure-ci, il n'y en a presque plus.

Que font les autres ? Sont-ils encore dans un bar à boire et à emmerder des jeunes filles ? Ou se sont-ils endormis dans un coin ?

Je divague.

— On ne le voit pas de cette hauteur, mais tu imagines, à cette température, peut-être que l'eau est gelée ?…

« Mais enfin qu'est-ce que tu baves, la môme ? »

— Celui qui viendrait pour se jeter et mourir noyé se retrouverait peut-être fracassé sur la glace et puis seulement emporté par les flots… Quelle affreuse façon de mourir ! Mais nous, on s'en fout, on profite juste de la vue, hein ?!

« Oh, bordel. » Je feins un petit rire d'approbation, mais dans ma tête, c'est la panique. Je n'avais pas du tout pensé à ça et en plus, c'est vrai qu'on ne distingue rien de cette hauteur.

— Bon, petite…

— Beth, je m'appelle Beth.

— Beth… Comme ma grand-mère et ma femme… Qu'est-ce que tu fous là dans ce froid ? Tes parents ne vont pas s'inquiéter ?

— Non, mes parents ne s'inquiètent pas pour moi. Ils savent que je suis là.

Cons de parents, tiens !

— Je viens ici tous les soirs parce qu'il y a long-temps, j'ai égaré mon bracelet en argent dans l'eau. J'aimerais juste le revoir, j'y tiens beaucoup.

— Tu l'as perdu quand ?

— Je ne l'ai pas perdu, il est tombé… Et je ne me rappelle pas.

Je pense un instant qu'il s'agit de l'objet brillant que je voyais tout à l'heure, mais c'est impossible de distinguer un simple bracelet dans l'eau à cette hau-teur. Plus rien ne brille maintenant, de toute façon.

Je la regarde, les yeux de la jeune fille sont plon-gés dans le vide.

Je me sens assez bien avec la petite à côté. D'ac-cord, on se prépare tous les deux à sauter d'un pont – enfin, je suppose qu'elle aussi –, mais je me sens bien.

Ce n'est pas le moment de confidence dont j'avais rêvé et dans lequel une amie (plus âgée) m'écouterait avant de me consoler, c'est vrai… Là, soit on ne se dit rien pendant plusieurs minutes, soit la discussion porte sur elle… Juste elle.

J'ai moins froid que tout à l'heure.

Plus aucun passant sur ce pont de 1874.

Si je revenais maintenant vers mes amis pour leur raconter cette rencontre, ils auraient deux réactions qui m'énerveraient énormément. Premièrement, ils ne me croiraient certainement pas. « N'importe quoi ! » lâcheraient-ils entre un rot et un vomi.

Ensuite, ils me reprocheraient d'avoir encore trouvé une excuse pour ne pas aller au bout, me diraient que je devrais arrêter ces simagrées et profiter de ces soirées avec eux si je veux trouver une femme. Parce qu'ils en trouvent une, eux, peut-être ?

Je mérite mieux que ces gars-là.

Tout à l'heure, quand ils sont partis en m'abandonnant, cela n'avait qu'encouragé mon ego. Je voulais leur prouver que j'étais tout à fait capable d'aboutir à ce « grand projet ».

Maintenant, je me sens con d'avoir été si con pour ces cons.

Et puis, si j'avais sauté directement, je n'aurais pas rencontré Beth. La petite serait restée toute seule sur le bord du pont.

Moi, je ne sais pas, mais elle, elle ne sautera pas ! Je refuse d'en finir sans pouvoir apporter quelque chose à quelqu'un. Et quoi qu'il arrive, elle ne sautera pas, et moi, je ne rejoindrai pas mes potes.

— Tu sais, les gens me manquent, dit-elle.

Même ceux que je ne pouvais pas piffer… Je me moque de tous les conflits que j'ai pu avoir, ce sont ceux d'une gamine, je le sais. Les claques que j'ai pu recevoir et celles que j'ai pu donner. Je me moque de l'enfer des cours, de la compétition à la salle de danse et des petites hypocrisies. Je me moque de mes cauchemars et de mes ambitions passées. Je voulais être infirmière de guerre !

Je me moque de mes rires d'enfant et de mes crises de colère : « Cette robe n'est pas à toi. »

Qu'est-ce que ma sœur a pu m'énerver !

Maintenant, je me moque même du mal que les garçons font aux filles. Avant, je ne m'en moquais pas.

Avant… je me posais toutes sortes de questions. Ça agaçait tout le monde autour de moi, ça et le fait que je sois imbattable à la guerre des pouces… Je te le jure, hein !

Je me demandais si les étoiles étaient sur batterie pendant la journée. Pourquoi offre-t-on des ours en peluche alors qu'objectivement, les loutres sont plus mignonnes ? Pourquoi les cygnes ne parlent-ils pas le langage des signes ? Pourquoi ne peut-on pas aimer une personne et elle, eh bien, elle nous aime aussi, sans nous faire de mal ?

— Attends une minute, là…

— Mais je voudrais une chose, les serrer tous à nouveau dans mes bras. Même mon chien, c'est drôle ! Mon chien me manque. Le bracelet de ma grand-mère était très précieux pour moi.

Le soulagement ne dure que très peu de temps. Avant même de toucher l'eau, il n'y a que le regret.

Le 8 juin 1982, une jeune fille de 14 ans se jette dans le fleuve. Elle abandonne ainsi une mère, un beau-père, un petit frère, une sœur et un chien. Elle ne laissera aucune lettre.

Le 8 décembre 2002, je me jette également dans le fleuve.

Je remonte à la surface avec un bracelet en argent et passe sur le pont chaque 8 du mois pour y déposer une fleur.

Le lendemain de mon plongeon, j'attrape une grippe à cause de la température de l'eau.

Sur le lieu de mon travail, un rapport est rédigé. Un rapport et un retrait sur salaire.

11. Funny House

— On va tous mourir !

Clara n'arrive pas à calmer sa sœur Iris qui sanglote, recroquevillée par terre dans la cuisine.

— Écoute-moi, bordel ! Ce fumier est toujours là, quelque part, avec sa tronçonneuse et je n'ai pas envie de finir comme Jules, OK !? Alors, j'ai besoin que tu te lèves ! On va s'en sortir ensemble !

Pendant ce temps, Gus, qui avait choisi de suivre son propre chemin, se retrouve dans un couloir typé années 60. Le papier peint sent l'humidité et les meubles sont vieux et mal en point. Trois portes sur la gauche et deux sur la droite, toutes fermées. Le jeune homme, batte de base-ball en main, avance doucement vers la dernière porte face à lui. Celle-ci s'ouvre doucement et grince bruyamment. Il marque un temps d'arrêt, serre plus fort encore son arme de fortune, attend de voir si quelque chose surgit de la pièce, puis décide d'y entrer. Le chandelier grésille. Il fait sombre, mais Gus distingue un grand lit à baldaquin, rideau fermé. Contre le mur se trouve un vieux rocking-chair en bois qui se met à se balancer tout seul à l'approche du garçon.

— Putain, mais c'est quoi, cette baraque !? laisse-
t-il échapper.

D'un seul coup, Gus se met à entendre des bruits
de pas dans le couloir qu'il venait de quitter. Il se
retourne, mais malgré la porte ouverte, il est trop
en avant dans la chambre pour avoir une vue
complète sur ce qui arrive.

— Iris ? C'est toi ?

Le bruit de pas s'arrête net. Gus regrette d'avoir
appelé et s'immobilise, respirant à peine, comme
s'il voulait disparaître. Après quelques secondes,
il recommence à avancer le pied pour jeter un
œil dans le couloir, mais les bruits de pas recom-
mencent et s'accélèrent. Quelqu'un lui fonce dessus en courant, alors, Gus, avec l'énergie du
désespoir, saute vers l'avant, brandissant sa batte
pour se défendre, et hurle pour compenser la
peur... Mais rien.

Reprenant son souffle pendant un instant, il se
retourne vers la fenêtre. Tout à coup, une femme
surgit devant lui. Elle est habillée d'un tablier de
bonne. De sa chemise dépassent deux moignons
à la place des bras. Ses yeux sont crevés. Elle
hurle près du visage de Gus. Il tombe en arrière,
à travers les rideaux du lit à baldaquin.

Quand il se redresse, la bonne n'est plus là. Mais
à peine debout, un moignon le ramène sur le matelas. Le voilà sur le dos, une vieille femme dépour-
vue de visage est en train de l'étrangler.

En bas, les filles rampent entre les pièces pour
trouver une sortie.

Elles s'approchent de la véranda pour s'enfuir par la baie vitrée. Elles se redressent pour ouvrir la porte quand quelque chose tombe lourdement sur le sol à l'extérieur.

Le corps de Gus, le visage dévoré, avait été jeté de l'étage du dessus.

Iris et Clara se mettent alors à hurler de peur et de nerfs. Il n'en faut pas plus pour que le bruit d'une tronçonneuse que l'on met en marche se fasse entendre dans la maison.

Quelques instants plus tard, les deux filles, épuisées, sont cachées dans un placard et tentent de ne pas faire de bruit. La main sur leur bouche, elles tentent d'atténuer le son de leur respiration haletante.

Leurs efforts sont vains, l'homme armé commence à découper la porte du placard. Des éclats de bois sont projetés sur les deux jeunes femmes en larmes. Elles hurlent comme jamais elles n'ont crié, mais il est trop tard. Le tronçonneur leur fait face, habillé d'un costume trois pièces.

Il leur demande :

— Alors ?

Les deux filles cessent de pleurer et sèchent leurs larmes avant de se relever.

— Écoutez, nous l'aimons beaucoup, en plus elle est bien située…

— Et elle est vintage.

— On aime le vintage, c'est vrai. Mais malgré la véranda, le jardin nous semble trop petit et on voulait un feu ouvert dans notre salon.

— Gus, Jules ? La visite est finie, les garçons, remettez vos manteaux.

— Désolée, elle est super, mais on ne fera pas d'offre pour celle-ci.

L'homme pose son outil de jardinage et sourit.

— Pas de souci, mesdames, on se revoit la semaine prochaine pour une nouvelle visite, laissez-moi vous raccompagner.

Tad aime beaucoup son nouveau job.

Dans son recueil *Histoires de fantômes*, Roald Dahl compile une série de nouvelles dont la première met en scène un étrange balayeur. Un métier plutôt banal qui inspire des histoires plutôt surprenantes.

12. Le balayeur

Billy Zeck est le caïd de l'orphelinat, il est le roi incontesté de la cour de récré et à treize ans, il fait peur à tous les autres enfants.

C'est un cancre violent qui pense que sa condition de plus fort le dispense de devoir travailler pour ses leçons. Tout cela le rend très populaire.

Billy est également farceur et adepte des mauvaises blagues. Ces derniers temps, il s'en prend à Tad, l'homme d'entretien qui balaye les feuilles mortes lors de la récréation. C'est l'automne. Lundi, Billy avait demandé au brave technicien de venir balayer la terrasse de la maison de Miss Griffin, la vieille surveillante. « Sa maison doit sentir le vieux tout comme elle », se dit Billy.

Mardi, il avait caché la brosse dans la poubelle de la cour. Mercredi, il avait secoué les petits arbres de celle-ci pour en faire tomber un maximum de feuilles, et ce, juste après le passage du balayeur.

Cela nous mène à aujourd'hui, jeudi. Billy est dans un coin à se pavaner devant sa bande de potes quand Tad fait son entrée. Il s'agit d'un homme grand et extrêmement maigre.

Il pousse une lourde brouette remplie de feuilles, de râteaux et de crasses en tout genre. Il s'arrête entre les deux bouleaux de l'école et commence à faire un tour de ronde pour vérifier si plus rien ne traîne par terre. Une fois le dos tourné, Billy force d'autres garçons à l'accompagner en les tirant par leur veste. Il va même jusqu'à pousser un petit garçon, un nouveau, qui ne voulait pas être mêlé à cette méchanceté. Avec sa bande, il se précipite sur la brouette pour la retourner sur le sol. Le petit groupe de malfaiteurs ne s'arrête pas là. Ils répandent les ordures, la boue et les feuilles mortes à l'aide de coups de pied et détruisent ainsi le travail de Tad qui avait mis deux bonnes heures pour tout nettoyer.

Quand l'ouvrier revient du gymnase avec un sac poubelle, il a juste le temps de voir les trois garçons repartir, les chaussures noires, fiers de leur blague. Ses yeux se posent également sur le petit garçon qui avait été bousculé. Son pantalon est déchiré, son genou en sang, et il soupire de colère.

Il pose le sac, va vers sa brosse et se prépare à tout recommencer.

Du jeudi soir au dimanche, Billy retourne chez sa tante, il a une autorisation spéciale. À la fin des leçons, il enfourche son vélo qu'il a appelé « Tornade rouge » et fonce vers le centre-ville.

Cela fait bien dix minutes que Billy roule. Il n'a encore croisé personne, aucun passant, aucune voiture. La rue Saint-Francis et son long trottoir plat est un lieu de jeux et de cascades pour le jeune homme. En effet, il tente depuis plusieurs semaines d'avancer uniquement sur la roue arrière de son bolide. Il s'apprête à retenter la chose quand un vent violent vient lui faire perdre l'équilibre. Il ne tombe pas, mais presque.

« Nom de Dieu ! » jure-t-il.

Le vent repart de plus belle et empêche Billy de poursuivre sa route. Il se rend bien compte que quelque chose cloche, car la provenance du souffle change à chaque instant. Tantôt le vent vient de face, tantôt de l'arrière et tantôt il le prend de côté. C'est comme si une force invisible tentait de faire tomber le garçon.

Billy s'agrippe de toutes ses forces à son vélo quand il lève les yeux vers le ciel. Ce qu'il voit alors lui fait tellement peur que des larmes coulent instantanément sur ses joues. Le ciel est noir, il était légèrement gris cinq minutes auparavant, mais maintenant il est noir teinté de violet. Mais plus que la couleur des nuages, Billy craint leur forme. Une main gigantesque, crochue et sombre était en train de descendre à toute allure vers la terre sous un grondement de tonnerre infernal.

Malgré le vent, Billy comprend qu'il n'a pas le choix, il doit fuir. Il se remet droit sur son vélo, face à la route, et commence à pédaler de toutes ses forces. Il avance vite et arrive à maintenir son cap. Quand soudain, un gros matou noir sort d'une haie située sur sa droite. Le chat passe devant sa roue en miaulant grassement. Billy est obligé de freiner brusquement pour l'éviter, mais n'a pas une seconde à perdre, il est en grand danger.

« Sale bête ! » hurle-t-il en repartant à toute allure.

Il fait une vingtaine de mètres quand un bruit se fait entendre malgré la vitesse, le vent et l'orage. C'est un bruit de frottement, comme quelque chose que l'on traîne au sol. Billy tente de faire abstraction du son quand il passe un carrefour sans même s'arrêter. Mais une silhouette le surprend au loin. La silhouette d'un homme de dos, maigre et tenant un balai. Il se retourne au passage de Billy. L'homme porte la même tenue que Tad le Balayeur, mais son visage semble anormalement long et de couleur bleu violacé. Ses yeux sont vides, sa bouche grande ouverte ressemble au néant d'une profondeur abyssale. Le balayeur tend sa main gauche, montrant à Billy la direction à prendre. Le garçon a juste le temps de voir cette main d'un noir charbonneux, identique à celle qui le poursuit en ce moment, dans le ciel.

En remettant son regard dans l'axe de la route, Billy est de nouveau surpris par un autre chat noir qui surgit devant lui… Un autre ? Non, c'est le même que tout à l'heure et Billy le sait. La main faite de nuages se rapproche de plus en plus, Billy sent un frisson de danger dans son dos moite. Encore des mètres dévalés à toute vitesse et encore le bruit de la brosse du balayeur. Plus loin, au coin d'une rue, le collègue cadavérique de Tad est de nouveau là à indiquer une direction au garçon, mais cette fois, il pointe le ciel, comme pour dire à Billy : « Elle est juste au-dessus de toi, tu n'y arriveras pas… »

Mais Billy connaît ces routes comme sa poche et il sait que dans la rue suivante habite sa tante. Que dans sa maison, une chambre chaude et confortable l'attend. Il se met à pédaler encore plus vite.

« Allez, tornade ! » lance-t-il pour son vélo.

Le voilà arrivé sur le porche où il laisse sa monture. Il rentre dans la maison sans saluer sa tante qui est aux fourneaux. Il grimpe quatre à quatre les marches de l'escalier, s'engouffre dans sa chambre et se réfugie sous la couette entièrement.

« Ça y est, Billy, tu l'as fait ! Tu es en sécurité, quand tu vas sortir de là-dessous, tout sera redevenu comme avant et dès demain, tu iras t'excuser auprès du balayeur de l'orphelinat », se dit-il.

Après quelques instants, le jeune homme reprend son souffle, il sort de sous la couette et va voir par la fenêtre. Le ciel est légèrement gris, le même gris baignant toute journée. Rassuré, il se dirige vers son placard pour changer de vêtements. Le coin de la pièce est plongé dans le noir, car il n'a pas pris la peine d'allumer en entrant. Il esquisse un pas vers l'interrupteur quand il entend le bruit joyeux d'un chat qui ronronne. Billy n'a pas de chat.

C'est lui, le même matou qui a essayé de le faire tomber de son vélo, à deux reprises. Billy est pris de panique et a du mal à respirer, mais en y regardant de plus près le chat se frotte à quelque chose avec amour. Billy distingue la pointe d'une chaussure brune dans l'ombre. L'idée horrible que quelqu'un pourrait être dans sa chambre arrive alors dans l'esprit du jeune garçon. La suite se passe en trois temps :

— Un bruit de brosse sur le plancher.

— Un orage tonitruant qui éclaire un instant toute la pièce, mettant en lumière le visage vide, ridé, bleu et beaucoup trop long du balayeur.

— Le cri d'un jeune garçon que personne ne reverra jamais.

Les jeux vidéo ne rendent pas plus dangereux, c'est prouvé ! Mais certains peuvent quand même tuer... D'une certaine manière. Énormément de victimes de la route sont mortes en pourchassant un Pokémon sur leur écran. Un Coréen est décédé après un marathon de 50 heures dans un cybercafé. Et une femme a secoué son bébé parce que ses pleurs la déconcentraient dans sa partie.

13. Le fléau des jeux vidéo chez les jeunes

— *Mission succeeded*

L'écran de victoire est une véritable habitude dans la partie du Lord Destroyer 3.

Un record de missions, des tas de quêtes abouties et un avatar surpuissant. C'est cela, l'incroyable palmarès de Tad dans son jeu vidéo.

Champion de sa région, le Lord vise le concours national de la semaine prochaine. En attendant, il libère le désert de Surtkis de l'invasion des Bôtanirs, ces guerriers mercenaires à la botte de la reine des clans unifiés. Le temps est précieux et s'égraine vite dans le royaume de Guntama. Après cela, il devra foncer vers le château des vampires-garous pour récupérer l'orbe de la vie éteinte, le troisième item de la trinité des cieux obscurs, nécessaire pour libérer la princesse des ogres de son enchantement. Tad est une véritable star sur les forums, par le biais du Lord Destroyer. Il est le seul joueur à avoir réuni toutes les ailes d'argent de la légende perdue avant le niveau 99.

Des centaines de personnes se connectent avec lui pour suivre ses aventures en temps réel et plusieurs grands joueurs se sont proposés pour constituer son armada, ce qui met le Lord Destroyer 3 à la tête de la plus puissante armée des derniers trolls de l'Ouest américain.

— Tad ?!

Ah… Son temps sur la connexion de la maison est terminé. Il se lève doucement de sa chaise, Catherine vient lui prendre le bras pour l'aider à enfiler ses pantoufles et l'aider à aller aux toilettes.

— C'est quoi aujourd'hui ?

— Du pudding, monsieur, mais n'oubliez pas la partie de bingo ce soir.

14. Les Amants du Lac et de la Montagne

— Grand-père, une histoire !

Beth adore son grand-père, Tad, et depuis qu'elle est toute petite, il lui raconte des histoires fascinantes. Parmi ses préférées, la petite avait choisi « *Le Samouraï et le maître de thé* », « *L'Enfant fantôme* », « *L'Homme au Myosotis* » et « *Le Pont oublié* ». Chacune avait une morale et de beaux personnages. Quand c'est l'heure des contes, Tad a l'habitude de prendre sa « petite poupée » sur ses jambes dans le grand fauteuil du salon et là, il raconte.

Mais depuis qu'il est rentré à l'hôpital, Beth trouve qu'il ne raconte plus grand-chose. Il dort souvent.

Beth est trop petite pour comprendre de quoi souffre son grand-papa. Quand ses parents la prennent à part pour lui expliquer qu'elle doit se préparer au pire, elle comprend quand même un petit peu.

Un jour, dans sa chambre, Tad et la petite jouent ensemble aux cartes. Tranquilles, personne ne vient les déranger pendant une heure. Au milieu de la partie, Beth pose ses cartes. Elle ne maîtrise pas tout à fait les règles de toute façon. Elle regarde son grand-père et demande, émue :

— Grand-papa, c'est vrai que je dois me préparer au pire ?

— Au pire ? Pourquoi, ma poupée ?

— C'est vrai que tu vas mourir ? C'est papa qui me l'a dit.

— Oui… C'est vrai, ma puce, mais pourquoi cela devrait-il être le pire ?

— Mourir, c'est nul, parce qu'après on n'est plus là et tu peux plus jouer avec moi et me raconter des histoires et puis…

— Ça te fait peur ?

— Hum.

L'homme regarde sa petite-fille avec amour. Il lui sourit, prend les cartes et les range. Il saisit sa petite et la pose sur ses jambes.

— Tu sais à quoi ressemble la mort, poupée ?

— Gus, à l'école, il lit des BD et dedans la mort, elle est grande, noire, avec de la fumée et un grand capuchon puis elle fait peur !

— Et si je te disais qu'elle ne ressemble pas du tout à ça ?

— Hein ?

— Je vais te dire un secret : elle ressemble à ce qu'on a décidé et à rien d'autre. Pour certains, c'est l'encapuchonné de la BD, pour d'autres, c'est un médecin, un ami, une bouteille ou un monstre. Mais tu veux mon histoire sur la mort ? C'est une belle histoire d'amour !

— Oui, je veux bien.

— Premièrement, tu dois savoir qu'il n'y a pas une mort. Ce n'est pas un personnage, c'est une mission, une chose qui doit être accomplie, car on ne peut pas faire autrement. Mais comme personne ne voulait avoir la charge de ce travail, il est devenu une malédiction qui frappe celui qui se fait piéger par elle. Maintenant, commençons :

« Il y a très longtemps, un groupe de gens s'installa sur une plaine située entre les rives d'un lac magnifique et le pied d'une majestueuse montagne. Ce peuple pensait que ces deux titans de la nature les protégeraient comme des dieux bienveillants. Ils avaient une belle tradition : chaque fois qu'une petite fille naissait dans le village, on lui faisait prendre son premier bain dans les eaux claires et pures du lac pour lui apporter beauté et intelligence.

Les petits garçons, eux, étaient amenés au sommet de la montagne pour prendre un bol d'air pur afin de leur donner force et courage.

Malheureusement, les traditions s'oublient souvent avec le temps. Mais les deux derniers enfants du lac et de la montagne qui étaient nés le même jour ne tardèrent pas à tomber amoureux.

L'homme, lui, était collectionneur et elle, enseignante. Tous deux étaient également les jardiniers du village.

La fête de leur mariage dura trois jours et trois nuits, mais au beau milieu de la dernière veillée nocturne, les deux époux s'enfuirent au sommet de la montagne, loin du tumulte des festivités.

Dans un premier temps, à l'aide d'un couteau, ils gravèrent leurs vœux sur l'écorce du plus grand des arbres du sommet. Il s'agissait d'une chanson :
"Je t'aime, trésor
Plus fort encore
À mort, la mort
À raison ou à tort
On s'aimera encore
Après son sort."
Quand ils redescendirent, ils trouvèrent une boîte à musique dans les eaux peu profondes du lac. La mélodie se mariait extrêmement bien avec les paroles gravées dans l'écorce. »

— C'est un cadeau du lac ?!

— Oui, mon amour.

« Mais dans les limbes, la mort les avait entendus : c'était une vieille femme qui avait été transformée par celui qui tenait ce sinistre rôle avant elle et qui l'avait maudite ! »

— Berk, je ne l'aime pas, elle !

— Tu as tort, cette dame n'avait rien de mauvais, avant. Son mari qui la trouvait trop vieille l'avait laissée tomber pour une autre. Quand un homme mystérieux est venu lui proposer un contrat magique qui devait la rendre jeune et belle à nouveau, elle accepta sans savoir que le prix à payer était de devenir la mort elle-même.

— Oh, la pauvre !

— Tu vois, personne ne veut endosser ce rôle, alors chacun des damnés cherche à tout prix une personne à maudire à sa place. Parfois, cela prend des siècles pour trouver la bonne personne, voire plus.

Donc, la mort, qui, par son expérience, ne croyait pas en l'amour véritable, voulut les séparer pour les punir de l'insolence de leurs vœux.

Le jeune garçon avait pris l'habitude de rentrer le soir chez lui par le bois quand l'air était frais.

Le chant des oiseaux, le bruissement du vent dans les feuilles, les cris du gibier, tous ces sons de la nature l'apaisaient pleinement. Mais la plus belle des images était de voir sa toute jeune épouse, le voyant arriver, sortir de leur maison et courir dans ses bras comme si elle ne l'avait plus vu depuis des années, et ce, quotidiennement.

Mais un jour, dans ce même bois, le jeune homme rencontra une femme encapuchonnée qui semblait chercher quelqu'un. Il s'approcha d'elle et vit son beau visage, ses lèvres rouges et ses boucles dorées parfumées. Il lui demanda :

— Je peux vous aider…

Mais avant d'avoir pu finir sa phrase, la jeune fille se mit à chanter. Le jeune époux n'eut jamais rien entendu d'aussi merveilleux. La voix de cette étrangère était chaude et réconfortante, le grain et le timbre étaient grisants. On eût dit une berceuse destinée à un adulte, plus encore une berceuse qui aurait été composée spécialement pour lui comme si l'auteur du morceau avait vécu toute sa vie à ses côtés. La mélodie le connaissait comme une sœur et une amante. Elle lui faisait vivre un profond sentiment d'accomplissement. Dans sa chute, le jeune garçon posa ses yeux sur le ciel ; les oiseaux ne chantaient pas ce soir-là. Chaque mort doit choisir quelque chose à prendre à ceux qu'elle emmène dans les limbes, c'est la règle. Celle-ci venait chanter à l'oreille de ses victimes, car ce qui leur était pris était le dernier son de leur vie, le dernier qu'ils étaient censés entendre. Dans les arbres, le passage du vent dans les feuilles ne provoquait aucun son, et finalement, son regard tomba sur la porte de chez lui, la maison n'était qu'à quelques mètres. Sa femme était là, amoureuse, mais terrifiée, hurlant vers son amant pour qu'il se relève. Il vit les larmes de son amour avant de fermer les yeux, mais il n'entendit que la voix mélodieuse de la mort, jusqu'à la fin.

Fière d'elle, la funeste chanteuse se remit en route. Au même moment, la jeune femme se précipita sur le corps de son défunt mari, pleurant, hurlant et suppliant.

Mais d'un seul coup, elle arrêta de se lamenter et commença à chanter, elle aussi. Surprise, la faucheuse se retourna d'un bond pour observer.

« Je t'aime, trésor
Plus fort encore
À mort, la mort
À raison ou à tort
On s'aimera encore
Après son sort. »

Une fois la chanson finie, la jeune femme vit la funeste artiste qui l'avait privée de son amour revenir sur ses pas d'un air furieux.

Cependant, avant même que celle-ci n'eût le temps de faire quoi que ce soit, l'épouse saisit la dague de son mari et se la planta dans le cœur.

— Grand-père, elle est très romantique, ton histoire, mais elle est triste !

— Bizarre, n'est-ce pas, ma poupée ? Pour la mort aussi, cet événement fut très déconcertant.

Malgré ce dénouement imprévu, elle rentra chez elle.

En parcourant les sentiers des limbes, la faucheuse était fière d'avoir fait d'une pierre deux coups. Mais c'est bien la première fois qu'elle voyait quelqu'un se donner la mort sans son consentement.

À l'instant même où elle accepta de passer à autre chose, un son, comme un murmure, vint s'engouffrer subtilement dans son oreille. Les secondes passant, le murmure devint un air, l'air, une mélodie, la mélodie, une chanson qu'elle ne connaissait déjà que trop. C'était cette chanson pour laquelle elle avait tué l'homme voyant ainsi son amoureuse se donner la mort à son tour.

« Malédiction, impossible ! » se dit-elle.

La mort aux boucles dorées se mit à chercher furieusement la source de cette provocation ! Le chant, c'était sa manière de faire, personne n'oserait lui tenir tête chez elle et de cette façon ! Pourtant, enfin, derrière un grand arbre de cendre, elle les vit.

Dansant une valse magnifique, les yeux dans les yeux, amoureux comme jamais, ils chantaient.

« Je t'aime, trésor
Plus fort encore
À mort, la mort
À raison ou à tort
On s'aimera encore
Après son sort. »

À cet instant, la mort se rappela l'homme qui partageait jadis sa vie, son désintéressement, ses mensonges, ses tromperies, les douleurs, les pleurs, les prières.

Le ciel des limbes, habituellement bordeaux, devint d'un noir profond comme la nuit, un noir de rage et de chaos. La mort poussa un cri large et long qui résonna aux alentours. Un éclair violent frappa les trois êtres d'un seul coup. Les feuilles mortes, pavés de l'autre monde, volèrent en tous sens. Le vent glacial qui passait et repassait sans cesse dans ces sentiers lugubres s'arrêta.

Quand la mort se releva, ses mains étaient fripées, son corps fatigué, sa belle voix était devenue rauque et cassée, ses boucles dorées d'un gris tirant vers le blanc. Son manteau noir n'était plus sur son dos puisque la jeune femme, épouse suicidée, le portait alors.

La vieille femme se souvint de tout ce qui faisait sa vie avant d'être maudite : son grand amour, les bons moments de partage, les belles déclarations, les échanges, le bonheur, la tendresse et les rires. À cette époque, elle aussi aurait pu écrire une chanson contre les sorts du temps et les vicissitudes de la vie, elle aussi aurait eu droit à sa valse passionnée.

Elle comprit alors que l'amour parfait n'existait pas, non pas parce qu'il était immuable et infini, mais parce qu'il était sincère et vrai. Peu importe sa durée, ou son dénouement. Elle regretta ses choix passés.

L'homme se releva enfin, habillé d'un costume blanc éclatant et très élégant.

Les amants du Lac et de la Montagne se regardèrent, sans comprendre ce qui venait de se produire.

La vieille dame leur expliqua tout : la malédiction, les règles, et surtout celle qui stipule l'interdiction pour deux personnes d'endosser le rôle de la mort. La jeune femme, trompant le sort qui lui était réservé en se poignardant, avait reçu le rôle de la faucheuse.

Son époux, par contre, devint un symbole de la vie. Chaque personne, alors, qui passerait dans leurs mains, serait accompagnée par l'un et, à la fin, accueillie par l'autre.

Les siècles qui suivirent furent la plus grosse épreuve de ce couple, car leurs nouvelles missions étaient liées et contradictoires. Quand ils se voyaient, c'était pour un travail déchirant ayant un dénouement funeste. Mais ils purent compter sur la vieille dame pour les conseiller et les soutenir. À maintes reprises, ils eurent l'occasion de maudire de nouvelles personnes, mais jamais ils ne prirent cette décision.

Se voir ainsi était déchirant, mais ils passeraient tout de même l'éternité ensemble.

Ils étaient les jardiniers de leur village, la jeune fille décida donc de prendre une fleur chez chaque défunt, fleur arrosée au préalable par son époux. Un jardin fané recouvrait les limbes durant cette période-là.

On ne sait si, aujourd'hui, les amants s'aiment toujours. Cependant, quelque part, dans un endroit situé entre le pied d'une majestueuse montagne et sur les rives d'un lac magnifique, une boîte à musique joue toujours. Les paroles d'une chanson que le temps n'a pas réussi à effacer sont gravées sur le tronc d'un grand arbre.

— Tu crois que ce sont eux ? Je veux dire, maintenant. Tu crois que tu seras accueilli par les amants du lac et de la montagne, grand-père ?

— J'en suis certain, et j'espère avoir l'occasion de leur raconter des milliers d'histoires d'amour. Même si, pour moi, ils vivent la deuxième plus belle.

— La deuxième ?

— Même eux ne peuvent rivaliser avec ma poupée et son grand-père.

— Merci, grand-père. À demain ?

— À demain, ma poupée.

Mon grand-père nous quitta cette nuit-là.

Maintenant, j'ai 25 ans et je suis devenue auteure, grâce à lui. Je continue de faire vivre ses merveilleuses histoires et j'ai inventé les miennes.

« La mort n'est pas le pire ; le pire est de vivre
une vie sans aimer. »

Le compositeur Schumann a fabriqué une machine pour augmenter la
dextérité de sa main. Cela lui a donné
une tendinite et par la suite il n'a
pu utiliser que l'index sur le piano.

Un vieil homme trouvait trop fati-
gant de balayer les toiles d'arai-
gnée de sa maison. Pour aller plus
vite, il mit le feu aux toiles, à
sa cave et à tout l'habitat.

Au Canada, un homme a voulu
prouver la solidité des fenêtres
de la Bank Tower à des étudiants
et est tombé de 24 étages.

On a tous des regrets.

15. Regrets

— Vous êtes enfin réveillée ?

Tout a commencé de la meilleure des façons pour moi, et moi, c'est Beth, toute jeune diplômée en fac de chimie. Le soir de ma proclamation, je décide de fêter ça avec les filles de ma promotion.

L'alcool coule à flots, champagne évidemment ; on enchaîne les bars et les boîtes de nuit.

« Hey, les filles, venez danser, on ne mord pas ! Sauf si vous le demandez gentiment ! Hein, les gars ? » Connard !

Après avoir laissé Cath dans les draps du septième du genre, nous nous séparons, au petit matin, euphoriques.

Je saute dans ma voiture et fonce pour rejoindre mon appartement miséreux d'étudiante. J'appelle mes parents, restés en Angleterre, pour leur annoncer la grande nouvelle. « Après le décès d'oncle Tad, ça leur fera du bien. » Il est six heures du matin ici, mais bon… décalage horaire.

La route de la plage est magnifique la nuit, elle suit parfaitement les sillons du bord de mer et des digues.

Katherina est une fille, une très belle jeune femme devenue mère trop tôt.

Reniée et exclue par sa famille, elle est cependant prête à tout pour son petit. Je l'admire pour sa force et son courage !

Cela lui arrive de faire de petits boulots : ménage, services, jardinage et tout ce que son corps peut supporter.

Grâce à cela, elle a enfin pu inscrire son fils, Thadéo, à la maternelle. Depuis peu, Katherina sort avec un homme, ce genre d'homme bourru, ivrogne et violent, un con !

Mais elle répète sans cesse qu'il faut juste le connaître pour se rendre compte de sa bonté.

Après une énième nuit à voir la bonté de son compagnon transformée en bleus, Katherina décide de sortir pour se réfugier chez une amie d'infortune avec son garçon. On ne se connaissait pas encore alors.

Ne passant pas loin, le petit bonhomme décide de voir la mer en pleine nuit.

Un calcul simple permet de se rendre compte qu'à quatre-vingt-sept kilomètres par heure, le choc est plus ou moins égal à une chute de onze étages, soit trente-deux mètres.

— Vous, enfin réveillée ?

— Où suis-je ? Putain, j'ai l'impression d'avoir une sacrée gueule de bois. Je ne comprends rien, je suis engourdie, j'ai mal partout et je me sens écrasée. En plus de ça, je ne vois rien du tout, la pièce est trop blanche. Mais, je suis où ?

— Vous avoir accident voiture, pas souvenir ?

Sur mon lit d'hôpital, je découvre ma chambre. La vue par la fenêtre large de tout le côté de la pièce me fait comprendre qu'elle se situe au moins au sixième étage du bâtiment. À droite du lit, je vois mon baxter et un fauteuil pouvant servir autant aux visiteurs qu'aux visités, quand ils peuvent se déplacer (ce qui est loin d'être mon cas). Le coin de la pièce est cassé par un mur et une porte, menant certainement à la salle d'eau.

Mes yeux se reposent enfin sur la personne assise face au lit qui me regarde avec un grand sourire.

— Un accident ? Non pas du tout.

Je la vois réfléchir et préparer ses prochains mots.

— Traumatisme crânien, et côtes gauches cassées et aussi cal... clavi...

— Clavicule ! Combien de côtes ? elle ne doit pas savoir prononcer clavicule.

— Toutes. Vous rappeler nom ?

— Beth, je m'appelle Beth. Je me frotte les tempes, le réveil est douloureux.

— Quoi d'autre ?

— Euh… j'ai 28 ans et je viens d'être diplômée en chimie. J'ai fêté ça avec mes copines et je suppose que l'accident a surgi après. Le champagne, ne le mélangez jamais avec la tequila. Ne faites jamais rien avec de la tequila de toute façon… Je suis restée dans les vapes longtemps ?

— Neuf.

— Neuf heures ?

— Jours.

D'un coup, je tente de me lever, mais la douleur m'arrête net. Je retombe en arrière sur ce lit inconfortable.

— Merde, ma famille ! Je dois appeler ma mère ! Je sens mon cœur s'emballer dans ma poitrine écrasée. Où est ma mère ?

— Pas inquiéter, déjà savoir ! Pas inquiéter.

— Oui, vous êtes sûre ? Pardon, mais je ne vous connais pas.

La femme assise me montre du doigt un bouquet et une lettre dans le coin de la chambre. Ces cadeaux proviennent de mes parents. Je reconnais, même de loin, l'écriture de mon père sur l'enveloppe. Ils doivent être en route.

— Vous n'avez pas de blouse blanche ou de tenue d'infirmière. Comprenez-moi, je vous trouve très gentille, et merci d'ailleurs, mais…

— Si ! Connais moi ! Très liées maintenant !

— Pardon ?

— Très liées ! Moi, Katherina Ashran, femme que vous renverser voiture !

« C'est une blague ? Je ne me souviens de rien, quoi ?! Mais c'est qui, cette gonzesse ? je n'ai jamais renversé personne. Bon, d'accord, j'ai un peu picolé ce jour-là, mais je m'en souviendrais si j'avais heurté quelqu'un… Merde, ma bagnole, j'espère qu'elle n'a rien ! Katherina, c'est ça ? Que fait-elle ici, qu'attend-elle ? »

— Si c'est moi qui vous ai renversée, pourquoi êtes-vous assise, indemne, dans ce fauteuil et moi en miettes dans ce lit ?

— Vous perdre contrôle, moi blessée poignet et vous aller dans arbre, lancée dehors voiture. Vous miracle !

« Merde, l'assurance va me rendre peau de balle ! » En plus de ne pas croire cette histoire d'accident et de poignet, il y a une chose qui m'agace profondément chez Katherina : son sourire.

Depuis mon réveil, je ne vois que des dents blanches et un visage bienveillant. « Ce n'est pas une réaction normale vu la situation ; elle devrait me haïr, cette fille, ce serait plus logique. »

— Je suis désolée de ce que je vous ai fait, mais malheureusement, dans mon état, je ne peux rien pour vous. Mes parents pourront certainement vous rembourser les frais médicaux…

— Non, non, rien. Pas besoin, juste parler.

— Parler, mais de quoi ?

— Vous renverser moi et mon garçon.

Je marque un temps à la suite de cette phrase, je n'ai déjà aucun souvenir de Katherina, mais encore moins d'un enfant. Un instant, évidemment, je me pose mille et une questions sur la santé du petit. Je suis réellement inquiète. Cette inquiétude se loge très vite sur moi-même.

« Putain, qu'est-ce que j'ai fait ?! Je suis dans une merde noire. Comment l'annoncer à papa ? Sont-ils déjà au courant ? Merde, merde, merde, je ne peux pas être diplômée un jour et passer le reste de ma vie en taule pour une seule petite soirée ! Ce n'est pas juste ! »

L'instant de panique non encore terminé et les questions tournant toujours dans ma tête, je tente une phrase que je bafouille à cause du stress.

— Votre enfant, le garçon, votre petit… Il va…

— Pas inquiéter, pas inquiéter.

« Oh, merci, mon Dieu. » Je me laisse tomber une nouvelle fois sur le lit, mais un rayon de soleil à travers la fenêtre vient me taper juste sur l'œil gauche. Katherina comprend et se lève pour fermer les rideaux. De nouveau assise et souriante, elle demande :

— Vous boire beaucoup, souvent ?

— Pardon… Non, j'avais quelque chose à fêter, c'est tout.

— Ah oui ! Diplôme ! Félicitations. Diplôme important, moi pas diplôme.

— Désolée.

La conversation est de plus en plus bizarre et cette femme commence à me fatiguer. Qu'est-ce que c'est que ces questions ?

— Diplôme plus important que moi ou garçon ?

— De quoi ? Non, bien sûr que non… Bon, écoutez, j'étais ivre, j'ai eu un accident, ça arrive !

— Pas accident si ivre !

— Quoi ?

— Si ivre, pas accident ! Accident arrive sans raison, ivre parce que boire pas accident !

— Bon, merde, OK ! Puis qu'est-ce que vous voulez ? Je suis à l'hôpital, là, vous voyez bien que j'ai pas choisi ce qui s'est passé et que je le paye en ce moment même ! Je devrais être chez mes parents et fêter ma réussite, mais non, je suis là avec vous, alors qu'est-ce que vous venez m'emmerder pour un poignet ? Et puis qu'est-ce que vous foutiez sur la route de la mer, au milieu de la nuit, à cette heure-là, avec un petit garçon ? C'est le vôtre ou vous l'avez kidnappé ? J'ai fait foirer votre coup alors vous m'en voulez !

Je reprends mon souffle… « J'y suis peut-être allée un peu fort, là. »

— Petit, être mon petit, mais nous pas maison, chassés par homme, et moi pas ivre, pas « accident ».

— Merde ! Alors quoi ? Vous voulez de l'argent ? Que l'on s'arrange entre nous pour que vous puissiez passer quelques nuits au chaud ? Je n'ai pas d'argent !

— Pas argent, pas besoin !

— Ouais, pas besoin argent, mais à la rue !?

— Juste parler.

— Mais de quoi, bon Dieu de bordel de merde du trou de cul d'un babouin ! De quoi voulez-vous parler ?

— Vous renverser moi.

Katherina hausse légèrement le ton, mais garde ce sourire des gens qui ne s'expriment pas bien dans une langue et cherchent à prouver qu'ils font de leur mieux. Moi, je suis dans un état de nerfs incroyable, cette conversation dénuée de sens arrive pile à mon réveil et mes douleurs sur le côté se font doucement sentir, « ça fait beaucoup quand même ».

— Je sais !… Et puis non, tiens, je n'en sais rien ! Moi, je n'en ai aucun souvenir, je n'ai vu ni policier ni infirmière, alors qui me dit que vous n'êtes pas une cinglée qui va de chambre en chambre pour extorquer les gens à leur réveil ? Hé ! Il y a une dingue ici !

— Moi pas dingue, moi Katherina Ashran, vous renverser moi et petit garçon. Ne sais pas « extorquer », quoi ?

— Extorquer ! Oui, extorquer, voler si vous préférez !

La jeune femme en face de moi se lève enfin d'un bond.

— Moi pas voleuse, moi jamais voler, jamais ! Honnête moi ! Vous ivre, rouler beaucoup trop vite et renverser moi puis écraser voiture. Pas ma faute, vous la faute et moi le droit d'avoir discussion avec personne qui renverser mon fils ! Non ?... Non ?

— Si.

Au fond de moi, je suis plutôt fière d'avoir réussi à effacer le sourire de Katherina.

Elle cherche une chose à dire pour briser le silence lourd qui suit quand une infirmière, très forte, ronde et à l'air désagréable, entre dans la pièce.

— Alors, réveillée ?

— Comme vous le voyez, mais j'aurais aimé dormir plus longtemps.

— Tu m'étonnes.

Je ne comprends pas cette réponse de l'infirmière qui se met à prendre ma tension.

— OK, ça, c'est bon. Vous allez avoir de la visite.

Je laisse sortir un gros soupir qui fait réagir la forte dame au thermomètre.

— Un souci ?

— Je pense que j'ai eu assez de visites pour aujourd'hui. C'est sans même regarder Katherina que je dis cela.

— Oui… Vous n'avez pas le choix malheureusement, c'est important. Ils seront là dans quelques minutes, donc si vous devez aller à la selle, c'est maintenant.

— Ça ira, merci.

Une fois l'infirmière sortie de la chambre, me voilà à reposer les yeux sur Katherina avec un air légèrement gêné. L'interlude de la grosse dame m'a permis de me calmer un petit peu et de prendre conscience de l'événement que j'avais peut-être bien provoqué, ou alors c'est la fatigue qui me fait réagir autrement pour susciter le départ de Katherina. Je n'en sais rien. En fait, si, pas besoin d'être diplômée en chimie pour savoir que j'avais beaucoup trop bu pour conduire ce jour-là. Vu la dose, c'est parfaitement plausible que j'aie tout oublié.

— Votre enfant…

— Pas inquiéter !

— Non, mais ce que je veux dire, dans l'idée où tout cela a bien eu lieu comme vous l'avez dit (je suis trop fière, c'est mon défaut), j'aimerais être certaine qu'il n'a pas eu trop peur… Qu'il va vraiment bien.

Me voir changer de ton et m'inquiéter pour son petit transforme le sourire bienveillant d'apparat de Katherina en un sincère sourire de gratitude, rayonnant de mille éclats.

— Demoiselle plus s'inquiéter.

— Écoutez, je suis désolée de vous avoir crié dessus… Non, je veux dire que je vous présente mes excuses pour vous avoir renversée, vous et le petit, enfin, tous les deux… Je suis désolée. Je ne suis pas une fille méchante, j'ai fait une simple connerie qui a failli avoir des répercussions dramatiques pour vous deux. Je n'ai jamais voulu nuire à personne, mais quand je vous ai vue à mon réveil pour tout de suite vous entendre me dire la gravité de mon acte, j'ai mal réagi. Je me suis sentie mal, coupable et minable, coincée dans ce lit d'hôpital. Vous aviez raison, ce que j'ai failli vous faire est grave. Non, ce que j'ai fait est grave et ce n'était pas un accident, c'était moi. J'espère que vous pourrez me pardonner.

— Vous et Katherina Ashran, très liées maintenant.

Katherina et moi, très liées maintenant. Sur les mots de la jeune femme, la porte de ma chambre s'ouvre à nouveau, et deux hommes entrent. Ils ont un carnet de notes en main. L'un porte des bretelles de cuir sur un pull en laine bleu et l'autre une chemise noire tachée d'une substance rougeâtre que j'assimile à un donut à la framboise. Ils restent sur le côté droit du lit et je les regarde s'installer.

— Mademoiselle, nous aimerions vous poser quelques questions au sujet de l'accident de voiture ayant occasionné la mort de deux personnes, une femme et son enfant, il y a neuf nuits d'ici, sur la route de la mer.

Je tourne la tête vers Katherina, le siège est vide.

— Je vous écoute.

Un des suspects sérieusement envi-
sagés comme étant Jack l'Éventreur fut Lewis Carroll, l'auteur d'*Alice au pays des merveilles*.

Maintenant, nombre d'experts
partent de l'idée que l'Éventreur
n'aurait été qu'un coup marketing de
l'époque et qu'il n'aurait jamais existé.

Ou bien...

16. Le code

— Mais si ! Le Crime de l'Orient-Express, c'est Hercule Poirot qui l'a résolu ! Mais enfin… Agatha Christie !!!

Gus est un peu trop obsédé par les enquêtes policières. En tout cas, c'est l'avis de sa famille, de ses amis et de monsieur Parnus, son professeur principal. Seul son grand-père Tad aimait les mystères plus que lui. Il est vrai que pour un adolescent de quatorze ans, c'est une passion inhabituelle.

— Tu nous emmerdes, Gugu, dit Éric, un de ses camarades de classe. Allez, venez, on va aux bornes d'arcade.

C'est là que les amis de Gus passent le plus clair de leur temps libre.

C'est un endroit qu'ils trouvent tous « schwool » : terme à la mode.

Il y a là-bas, en plus des arcades, un tir à la carabine, un labyrinthe, un mur d'escalade, un *laser game* et plein d'autres attractions. Gus a lâché ses reportages d'enquêtes et ses Sherlock Holmes pour les accompagner, c'est bien la première fois. Personne d'autre ne s'intéresse aux mystères autant que lui à Londres.

— T'es un gamin, Gus !

— Allez, laisse tes enquêtes, Columbo !

Gus est persuadé que des sociétés secrètes ont été et sont présentes dans la vieille ville. Celles-ci ont dû laisser des messages secrets, des codes pour résoudre tel ou tel mystère ou pour indiquer l'emplacement d'un trésor. Il y réfléchit quasiment chaque nuit et rêve de déchiffrer un de ces codes, un jour…

En attendant, il s'entraîne avec des tonnes de livres sur le sujet et s'inscrit, seul, à toutes les *escape rooms* du pays. Personne ne le prend au sérieux, mais tous sont stupéfaits du talent qu'il montre dans ces jeux d'évasion.

Aucune attraction de réflexion ne l'a retenu plus d'une demi-heure.

Gus avance son pied pour rattraper le groupe quand celui-ci heurte un petit carnet en cuir rouge noué d'un lacet.

— Qu'est-ce que… Hey, les gars, c'est pas à vous, ça ?

Gus décide de l'ouvrir puisque personne ne lui répond.

Ce qu'il découvre dans le petit livret n'a aucun sens pour lui.

La première page est remplie quasi entièrement de points, crayonnés à la main. Le reste des pages est vierge.

— Oh, schwool ! un mystère ! crie Gus.

— Tu vas rater la séance d'escape room, Gus ! crie Tad déjà loin devant.

— Pfff, je l'ai fait en 17 minutes celui-là. Non, je vais plutôt rentrer et résoudre l'énigme de ce carnet !

Gus est un enquêteur expérimenté et outillé. Premièrement, il fait plusieurs photocopies de la page pointillée pour avoir plus d'une chance d'en trouver la signification et de ne pas abîmer le carnet rouge.

— Une heure et vingt-quatre minutes, pas mal !

C'est le temps qu'il a fallu à Gus pour trouver quoi faire de cette série de points. Le but était de les relier sans jamais repasser par l'un d'entre ceux déjà utilisés. Une fois cela compris, il ne restait plus qu'à essayer et essayer encore.

Le résultat est une forme très distincte, comme la carte d'une ville ou d'un quartier. Gus se sert des autres pages vierges du carnet comme bloc-notes pour son enquête et le nom d'un quartier précis de Londres vient compléter son raisonnement : Whitechapel.

— Et voilà une étape de passée ! se réjouit Gus en soulevant le livret de son bureau avec fierté. Coincé entre deux pages, un morceau de papier que le garçon n'avait pas encore vu tombe par terre.

Il s'agit d'un billet ancien protégé sous un film plastique.

C'est une véritable relique. Gus s'en rend compte.

— Un billet de banque d'une livre sterling provenant de la banque nationale anglaise, paru en l'an 1888, sous la reine Victoria ! Wouah ! Là, j'ai touché à une histoire fameuse !

Le billet de banque est accompagné d'une bandelette de papier sur laquelle une série de chiffres est inscrite.

— Cela ne ressemble pas à un numéro de série, se dit Gus. De toute façon, il n'y en avait pas à cette époque.

« Téléphone », hurle-t-il !

— Gus ! Et tes devoirs, mon grand ?!

— Oui, papa. Le garçon essaye d'éviter de réveiller son père quand celui-ci « regarde » le foot à la télévision.

— J'ai un coup de fil à passer, papa. Je prends le téléphone, c'est pour un contrôle de maths demain.

— Hum.

Si toute cette enquête découle d'une machination datant de la fin du xixe, ce numéro n'a pas de sens. Le téléphone fut déposé par Graham Bell en 1876, donc le système de numéro d'appel n'existait pas encore ! Celui-ci a l'air tout à fait cohérent avec ceux que Gus utilise à son époque.

— Ce qui veut dire que quelqu'un de maintenant a rajouté ce numéro au billet de banque !

L'hypothèse que tout ceci est un immense jeu de piste pour découvrir un secret ou quelque mystère que ce soit est de plus en plus plausible pour Gus.

— Si c'est bien le cas, mon interlocuteur va certainement me laisser un indice, aussi mince soit-il ! Je vais devoir enregistrer mon appel !

Une fois la porte fermée, l'enregistreur chargé et le bloc-notes ouvert, Gus tape enfin le numéro sur le clavier numérique, non sans émotion. Il doit d'ailleurs s'y reprendre à deux fois, car son stress lui fait taper deux fois sur le 8 au lieu d'une.

— Biiiiiiiiiiiiiip, bip, bip-bip !

— Ah ! Mes oreilles, ça va fort ! C'est quoi, ce bruit ?

Une succession de sons aigus et agressifs oblige Gus à décoller le téléphone de son visage.

Il raccroche, vérifie à nouveau le numéro, rappelle et… biiiiiiiiiiiiiiiip, encore !

Déçu et irrité par le bruit, l'enquêteur s'apprête à raccrocher de nouveau, quand un nouvel éclair lui vient.

— Et si c'était ça, l'indice ?! Ces sons n'ont pas la même durée. Y a-t-il une mélodie à trouver ? Un air de musique qui m'amènerait au prochain indice ?

La nuit s'installe et, pendant une grande partie de celle-ci, Gus écoute les sons qui sortent du combiné. Il est épuisé, mais surtout frustré… Il ne reconnaît aucune musique ni aucun air familier.

— J'ai fait fausse piste, dit-il en raccrochant et en s'effondrant de fatigue sur son lit.

Le lendemain, au cours d'histoire, Gus apprend les origines du langage morse, un système de communication maritime inventé en 1832.

Il s'agit d'un code de sons basé sur la longueur de ceux-ci.

En plein cours, alors que Tad et la moitié de la classe somnolent, Gus se lève d'un bon et crie : « C'est ça ! C'est du morse ! »

— Merci de montrer un tel enthousiasme pour le cours, Gus, mais pourriez-vous vous calmer !?

— Oui, pardon, madame.

Les autres élèves qui viennent de se réveiller en sursaut se retournent sur Gus pour le fusiller du regard.

Réanimé d'un besoin de résolution, notre détective note scrupuleusement le contenu du cours dans son livret rouge. À la fin de sa journée d'école, il file chez lui, monte dans sa chambre, compose le numéro et écoute très attentivement.

._ _ _/ : J
._ / : A
_._./ : C
_._ / : K
— Jack ?

Le reste correspondait à une série de chiffres comme des coordonnées ou un numéro qui se répéterait.

— Résumons, nous avons un plan de Whitechapel, un billet de banque sorti sous le règne de la reine Victoria et le prénom « Jack ». Pour moi, maintenant, cela ne laisse plus aucun doute et l'enquête est encore plus importante que je ne le pensais, écrit Gus dans le carnet.

Celui-ci devient un vrai journal de bord dans son aventure.

— Je pense que si je suis toutes les pistes, elles me mèneront à l'identité de Jack l'Éventreur, un *serial killer* qui a sévi dans le quartier de Whitechapel en 1888 et qui n'a jamais été arrêté ni même identifié. Il se peut même que lui et une quelconque société secrète soient à l'origine de tous ces indices ! Il prenait plaisir à narguer les enquêteurs avec des lettres à l'époque. Il a peut-être voulu s'assurer un héritage !?

Gus tremble en écrivant ; les larmes lui montent aux yeux à cause de l'excitation.

— Maintenant, les chiffres que je viens de traduire du morse, si on les voit comme des coordonnées précises… ce n'est pas loin du tout ! C'est de l'autre côté de la Tamise !

Gus se dit que tout cela est peut-être une sorte de test. Ceux qui parviennent à déchiffrer le code sont admis parmi des intellects triés sur le volet, seuls dignes de connaître la vérité.

— Pas de temps à perdre ! J'y vais.

Gus passe la porte d'entrée de l'établissement en se disant qu'il s'agit d'une bonne couverture pour une société secrète bien qu'un peu trop animée.

Il s'approche. Une jeune fille l'aborde.

— Bonjour, bienvenue au « Prince of Hot Dog », qu'est-ce que je peux faire pour toi ?

— Bonjour… Je voudrais un « livre rouge sauce mystère », s'il vous plaît.

— Euh… je te demande pardon ?

— Non, rassurez-vous, je suis au courant et j'ai découvert le mystère du livret… et donc de Jack !

— … Ouais, bon, mon gars… Sur place ou à emporter ?

L'actrice Janet Leigh proposa une superbe performance en interprétant la mort de Marion Crane dans la fameuse « scène de la douche » du film *Psychose*. Elle resta terrorisée à l'idée de prendre une douche après avoir joué dans le film.

Poltergeist est un des films d'horreur ayant eu le plus de difficultés lors de son tournage. Des phénomènes assimilés à des manifestations paranormales se seraient succédé. Le chaman venu pour purifier le studio serait décédé dans les années qui suivirent.

17 . L'Autostoppeur

— *Auf wiedersehen !* Bob est un professionnel. Il sait que son travail nécessite une précision extrême. L'heure du repas est proche, il doit donc terminer. Son plan de travail est en désordre et il est impossible pour cet homme excessivement méticuleux de partir en le laissant dans cet état. Il reprend logiquement ses outils qu'il range précautionneusement dans sa mallette en cuir. Il est ouvrier qualifié de nuit sur certains chantiers. Bob est donc celui que l'on envoie pour rattraper les gaffes des équipes de jour (manque de précision, retards, dégâts éventuels). Son service est très apprécié, bien que très onéreux, horaires décalés obligent. Aujourd'hui, il doit terminer la cimentation de la terrasse arrière d'une villa reculée en campagne. Avant de partir, il se dirige vers le trou qu'il doit encore boucher. À quarante-deux ans et en paraissant cinquante-cinq, l'homme est trapu, fort et massif, bien que rondouillard et dégarni. Il s'est bâti toute sa vie un corps de travailleur. Son dicton est : un chantier impeccable comme un foyer agréable.

Bob est un professionnel, un homme organisé qui aime son job et qui ne s'octroie qu'un seul loisir. Il est très exigeant avec lui-même, il ne travaille jamais sans ses gants. Il se lave les mains avant de retourner chez lui, avant de cuisiner, avant de manger et après avoir débarrassé.

Bob est un professionnel, mais aujourd'hui, en regardant Denise, la propriétaire septuagénaire de la villa, ligotée dans le trou de la terrasse, pleurant et tentant de crier malgré le bâillon trop serré qui étouffe le moindre son et la coupe aux commissures des lèvres, il sourit. Il éclate même de rire. Puis, il actionne la manette et commence la cimentation.

— *Auf wiedersehen !*

Gants rangés, mains lavées et mallette empoignée, Bob sort de l'habitation et se met à marcher en imaginant l'assaisonnement parfait du steak qui l'attend chez lui.

C'est un marcheur aguerri et, comme ce soir, faire plus de deux heures de marche pour retrouver l'arrêt de bus ne le dérange pas le moins du monde.

Après bien trois quarts d'heure, la pluie commence à tomber et le ciel s'assombrit fort. Une voiture s'arrête alors à hauteur de Bob. La jeune conductrice, trente ou trente-cinq ans, baisse le carreau et lui dit :

— C'est-y pas un sacré temps de chien que vous n'allez pas rester sous c'te douche trempée, montez donc !

Le regard de Bob s'éclaire, cette jeune paysanne

va pouvoir lui permettre de s'adonner, une deuxième fois, à son hobby sur la soirée.

« Rien que pour cet accent infâme… », se dit-il avant de grimper dans le 4x4.

— Crénom d'une vache folle ! C'ti une chance que j'vous vis dans de ce four, ça vous évitera l'mort !

— Dites-moi, mademoiselle, d'où venez-vous ?

— C'est qu'il est pas raffiné pour un tour, hein, mon accent, zavez vu ! Ma famille céti installée ici que depuis l'aut'jour, mais j'y passé tous mes printemps dans l'ferme de mon oncle, dans la montagne !

Assis à la place du mort, Bob fouille dans sa poche intérieure de veston. En plus de quelques papiers soigneusement pliés, il y trouve un couteau papillon. Il l'attrape en se disant que l'objet ferait parfaitement l'affaire, mais le relâche aussitôt.

« Cette paysanne mérite mieux ! » pense-t-il.

— Pourquoi avoir déménagé ?

— El'travail ! Toujours cause du boulot !

— Je vois, et vous faites ?

— Nettoyeuse.

Bob regarde par la fenêtre de la voiture. La conductrice ne cesse de parler de la ferme de ses parents, mais il n'arrive pas du tout à s'intéresser à cette fille. Il cherche la bonne idée.

Pour le moment, il a éliminé le couteau, les mains nues, le coup de feu et la jeter de la voiture pour lui rouler dessus.

« Une chose est certaine, je veux tester ce ruban adhésif que je viens d'acheter », se dit-il.

— Pardon, mademoiselle, je ne vous ai même pas demandé votre prénom.

— Betty.

Il se retourne et regarde la jeune femme pour bien se confirmer l'idée que la dégaine ne va pas du tout avec le nom.

— Tu sais, Betty…

— Alors, ceti qu'on se dit tu, maintenant ?

— Non, non, chut ! Je vais te dire, c'est bel et bien une chance que tu te sois arrêtée pour me raccompagner. Il y a des jours, on a envie de plus, on a un goût de trop peu, tu comprends ? J'ai mes moments, comme ça, ou je me ferais bien un petit plaisir en plus sur ma journée parce que j'ai le sentiment de l'avoir mérité.

— Hey, là, plaisir…

— Tu vas la fermer, sale pétasse écervelée, paysanne de merde ! Je t'ai fait peur ?! Pardonne-moi, mais c'est vrai, attention à rester poli, hein ? Je disais qu'aujourd'hui, je vais me permettre un petit extra, comme un régime que l'on brise un soir avec une glace devant un programme affligeant à la télé. En parlant « nourriture » et « abrutissement général », je suis certain que tu me comprends, n'est-ce pas ? La semaine dernière, je travaillais pour le boucher d'un petit village, il voulait refaire le sol de son atelier. Là-bas, ils élèvent leurs bêtes quand lui se chargeait de les tuer, de les préparer et de les vendre. Je rentre donc dans l'atelier. Tu sais ce que c'est, toi qui as vécu dans une ferme, mais moi, c'était ma première fois. L'état des animaux à moitié crevés, l'hygiène générale, la vulgarité de ce mec qui transpirait beaucoup trop pour un homme honnête. Je n'ai eu qu'une envie : le pendre à son crochet, l'ouvrir, le vider, en faire des dés et donner tout ça à manger à ses cochons. Et je l'ai fait. Je me suis senti aussi bien que maintenant. Je remarque que quand tu ne dis rien, on se confie facilement à toi, merci beaucoup. Tu comprendras que je ne partage pas cela souvent. Mais je sais que je n'ai rien à craindre te concernant, Betty, parce que voilà ce qui va se passer : tu vas te garer et je vais te tabasser. Attention, je m'applique beaucoup, hein ! Je vais te faire avaler ton allume-cigare et puis j'attacherai tes mains au pare-chocs arrière. Je ferai ensuite dix kilomètres en forêt et je descendrai de la bagnole pour voir ce qui restera. Je parie qu'il n'y aura plus que tes mains sur la tôle. Je mettrai le feu à ta voiture, je marcherai un temps, je prendrai le bus de nuit, je rentrerai et je mangerai un steak ail et fines herbes incroyable. Tu vois…

Quand les yeux de Bob se posent à nouveau sur elle, il se met à ressentir une douleur très étrange dans la cuisse. Quelque chose vient de traverser sa chair. Une sensation de brûlure s'étend alors en quelques secondes dans toute sa jambe. Il se met à transpirer énormément, des plaques se dessinent dans son cou et ses yeux se mettent à pleurer. C'est à peine s'il sait parler.

Il regarde Betty, terrorisé ; une peur primaire et enfantine l'envahit complètement à mesure que sa langue grossit, et ce, dès qu'il voit la seringue plantée dans sa cuisse. Il aimerait pleurer et appeler à l'aide, sa maman, pourquoi pas, au stade où il en est… Pour cet arroseur arrosé, c'est l'incompréhension et la panique. Il se gratte la nuque et se secoue frénétiquement.

— Eh bien, on dirait que j'y ai échappé de justesse…, dit Betty. Dans mon travail de nettoyeuse, j'en vois, des ordures, mais un tas de merde comme toi, c'est une première.

Gus a maintenant 13 ans… Lorsqu'il éteint la télévision, il sait qu'il ne pourra fermer l'œil de la nuit. Il n'a pas l'âge de regarder des films comme l'auto-stoppeur, et il ne fera plus cette erreur. Jusqu'à la prochaine fois, du moins.

En passant devant son bureau, il attrape le cadre photo posé et l'embrasse.

« Tu me manques, grand-père ! »

L'auteur de romans Morgan Robert-
son a écrit son œuvre *Futility*
publiée en 1898. Le texte parle d'un
bateau de luxe, prodige d'inventi-
vité, réputé insubmersible, qui se
nomme *Titan*. Sa collision avec un
iceberg est une épouvantable catastrophe, car les canots de sauve-
tage étaient en nombre insuffisant.
Cela vous rappelle quelque chose ?

Ce roman fut écrit 14 ans avant
le naufrage du Titanic.

18. Mac Malaghan

— Nous voilà en liaison avec Mavric Mandis, le célèbre romancier. Je me sens très chanceuse de vous avoir en ligne, Mavric, je peux vous appeler Mavric ?

— C'est mon prénom, Nathalie.

— Je fais certainement des jalouses en ce moment, mais que tout le monde se rassure, une nouvelle histoire du célèbre aventurier, Mac Malaghan, se retrouve dès demain matin chez tous les libraires du pays !

— Et partout dans le monde, Nath !

C'est une précision que Mavric fait systémati-quement depuis le début de la promo de son livre. Disons-le clairement, c'est un homme qui aime se faire mousser. Nathalie Partmain de Channel 7, elle, est dans une espèce de séduction d'adolescente. Sa voix est trop aiguë, son énergie incohérente pour l'interview d'un romancier et, en fan absolue, on peut supposer que tous les Malaghan sont sur sa cheminée et qu'elle s'est fait belle pour cette conver-sation purement téléphonique.

Mais c'est un phénomène dont Mavric a l'ha-bitude maintenant. Comme tous les vieux beaux, il fait une montagne de fierté de tous ses succès, professionnels ou privés.

La communication continue donc, sur le même ton enjoué et prétentieux.

— Une seizième aventure pour Malaghan, mais dites-moi, vous ne vous arrêtez jamais ?

— Vous savez, Nath, je m'identifie beaucoup à Mac. Je pense que c'est le héros dont rêvait le petit enfant que j'étais à mes 8 ans. Courageux et brave, parcourant des aventures que je ne vivrai jamais, mais je suis fier de pouvoir dire : « Celles-ci sont sorties de ma tête ».

— Fascinant ! Une nouvelle romance ?

Cette question est sans nul doute un transfert psychologique de l'inconscient de Nathalie. Elle aurait pu tout aussi bien dire : « Mavric, êtes-vous célibataire ? »

— Je ne vais pas gâcher l'intrigue, mais une figure du passé reviendra titiller Mac.

— J'ai tellement hâte, une dernière question : vous avez des séances de dédicaces prévues bientôt ?

— À partir de la semaine prochaine, oui, et dans tout le pays. Je vais avoir un mois chargé et rempli de voyages. Mais j'espère vous croiser pour vous signer un exemplaire, Nathalie.

— Sans faute ! Courage, Mavric, merci pour vos réponses et félicitations !

— Merci, Nathalie !

Mavric raccroche le téléphone, se lève de sa chaise et se sert un whisky.

« Une figure » ?

Il est fier de lui en prenant le stylo dans la poche de sa chemise pour rayer le nom d'une chaîne de télévision dans un calepin.

Son bureau est trop bien rangé pour un auteur en plein travail. Il est évident que le livre est bel et bien terminé et que la pièce a été transformée en salle d'entretien pour les interviews et rendez-vous avec les éditeurs. Deux chaises sont installées de l'autre côté de la table et sur celle-ci, on trouve une pile de tasses et une cafetière.

Après quelques instants, une sonnerie retentit sur son portable : « Merde, déjà ! » Il se rassied et décroche le téléphone en haut-parleur.

— Nous retrouvons Mavric Mandis qui va nous parler des nouvelles aventures de Malaghan en vente à partir de demain partout dans le pays. Bonjour, Mavric.

— Bonjour, Bob, mon livre sera disponible partout dans le monde, vous savez !

— C'est un seizième tome, Mavric ! Vous ne relâchez jamais…

— Vous savez, Bob, je m'identifie beaucoup à Mac. Je pense que c'est le héros dont rêvait le petit enfant que j'étais à mes 8 ans. Courageux et brave, parcourant des aventures que je ne vivrai jamais, mais je suis fier de pouvoir dire : « Celles-ci sont sorties de ma tête. »

— Mac Malaghan est un grand séducteur, on le sait tous. Qui sera la prochaine à tomber sous son charme ?

— Je ne vais rien gâcher de l'intrigue, mais un amour du passé reviendra titiller Mac.

— Bien, et pour finir, Mavric, on pourra vous retrouver pour des dédicaces ?

— À partir de la semaine prochaine, oui, et dans tout le pays. Je vais avoir un mois chargé et rempli de voyages.

— On vous souhaite bonne route à tous les deux. On passe à la météo avec Betty Galliano.

Mavric raccroche, whisky, stylo, liste de chaînes et maintenant cigarette.

« Un amour, c'est mieux ! »

En réalité, dans ce bureau impeccable, une chose est en désordre, des lettres sont posées çà et là sur une table basse en verre. Mandis en prend une : enveloppe bleue et papier parfumé.

« Monsieur Mandis,

J'ose même écrire cher monsieur Mavric, je vous contacte une nouvelle fois pour vous remercier.

Un nouveau Malaghan ? Je suis aux anges ! Avec mes amies, nous avons organisé un club de lecture autour de ce qu'on appelle "l'œuvre Mandis", mais vous le savez déjà.

J'ai tellement hâte de savoir dans quelle aventure Mac va se plonger cette fois, et qui va l'aider. Reverrons-nous l'odieux professeur Barzi ? Que vous êtes doué pour tisser la vie des méchants comme celle des héros ! J'avoue que je me demande si un jour Mac sera capable de se poser et fonder une famille… Avec la fille du médecin, pourquoi pas ? Un petit Mac ?!

Enfin, je serai la première à acheter votre livre et nous nous verrons lors de vos dédicaces ; je ne manquerais cela pour rien au monde.

J'ose le dire, Mavric, je vous aime et j'aime Mac Malaghan. Affectueusement vôtre,
Catherine Gromwels »
Troisième appel.

…

— Stan ?

— Ah, nous voilà avec Mavric Mandis pour son livre. Mavric ?

— C'est bien moi, Stan.

— Vous nous avez donc ressorti un énième Malaghan…

— C'est le seizième tome, oui. Vous savez, je m'identifie à…

— Que pensez-vous des critiques qui disent que 16 Malaghan, cela en fait au moins 13 de trop ?

Incroyable… Mavric, pour la première fois dans une interview, ne se sent pas apprécié comme le génie de la littérature qu'il sait être. Plus encore, il sent de l'agressivité dans la voix du journaliste.

— Je ne peux que les inviter à relire mon œuvre pour se faire une idée plus juste…

— Non, mais soyons sérieux, Mavric, vous avez le bon filon et vous seriez idiot de creuser à côté, c'est ça ?

— Non, non, pas du tout. En fait, il est le héros dont je…

— C'est aussi un sacré macho ! À l'instar des James Bond, je suppose que ledit charmant Mac va encore nous étaler un flot de clichés sexistes et d'images rabaissantes de la femme ?

— En fait, sans… Non, je n'ai pas voulu faire de Mac un macho, et je n'apprécie pas…

— Pardon, Mavric, je me rends compte que je vous ai un peu malmené, mais de toute façon, dans très peu de temps, notre conversation sera dépassée et le problème ne se posera plus.

Cette phrase étrange, Mavric ignore comment l'interpréter, mais malgré ce non-sens, la panique le prend en un instant. Il se met à suer, reprend un verre, car il a la langue pâteuse et tous les scénarios possibles défilent alors dans sa tête.

Qu'est-ce que ce gros porc de Stan Grégorio, journaliste raté de la 12, veut dire par « le problème ne se posera plus » ? Un prochain Malaghan n'est pas en projet, et si c'était le cas, Mavric ne le trouve pas plus macho que ça, donc nul besoin de changer les traits de ce personnage. Qu'est-ce que ça signifie ?

— Qu'entendez-vous par là, Stan ?

— Vous pouvez le dire, Mandis ! Les médias sont au courant depuis au moins trois jours… D'ailleurs, ce n'est pas trop dur ? Vous l'avez pris comment ? C'est une vraie question intéressée que je pose là. J'ai été jugeant avec vous tout à l'heure parce que je trouve votre style insipide et simplet, mais même moi, je ne m'attendais pas à ce que cela vous arrive à vous.

« Mais ta gueule, ferme ta grosse gueule, espèce de gros lard bête à manger du foin, arrête de parler, je ne pige rien ! Ou plutôt si, parle, parle, mais parle pour que je comprenne enfin la mélasse que tu me sers depuis 10 minutes, trouduc ! » pense Mavric en écoutant son interlocuteur.

— Alors ? reprend Stan.

— Je ne comprends pas, dit Mavric avec une voix nerveuse et agressive.

— Non…

Stan comprend alors une chose de plus qui échappe à Mandis, Mandis ne sait pas… Il n'est au courant de rien, mais à propos de quoi ?

— Vous ignorez vraiment la situation ? À tous nos téléspectateurs, ce que nous vivons est incroyable. Mais c'est absurde. Comment, vous, Mavric Mandis, le premier concerné, pouvez-vous être passé à côté de cette info ?

Ce « à tous nos téléspectateurs » de Stan a remis immédiatement les pieds de Mavric sur terre. Non seulement il a l'air d'un con de ne pas savoir quelque chose le concernant alors que l'univers semble savoir, mais surtout, il a l'air d'un con à la télévision…

— Je ne comprends pas, insiste-t-il encore.

— Votre licenciement !

Le mot agit comme une bombe, Mavric ne dit rien, il reçoit l'onde de choc… En voulant essuyer la sueur de son front, il renverse son verre de whisky. Il n'y prête pas attention. S'en est-il même rendu compte ?

Ce bureau rangé et propre est rempli d'une ambiance lourde. La température est élevée et l'alcool s'écoule du bureau par terre. L'atmosphère a complètement changé en l'espace de deux minutes.

— Le mot n'est pas bien choisi, excusez-moi, mais le patron de votre maison d'édition, Gus Parnus, a décidé de stopper la production des Malaghan. Tout a été confirmé en interview. Il veut se renouveler et oublier les polars et les romans d'aventures au profit du circuit de la littérature pour enfants.

Toujours sans réaction de Mavric, Stan continue.

— Mais enfin, que vous soyez passé à côté de l'interview passe encore, mais Mavric, on ne vous a vraiment rien dit ?

— Non… Je dois vous laisser.

Sa voix est tremblante et nerveuse.

— Mavric, attendez un peu, ne m'en voulez pas ! Je n'ai fait que vous dire…

— Ferme ta gueule, gros porc.

Mavric raccroche.

Whisky, cigarette, cigarette, whisky.

Mandis tourne en rond dans son bureau. « Putain, putain, putain de bordel de merde. » Si Stan dit vrai, Mavric est ruiné, il n'a plus de gagne-pain et les récents achats qu'il a faits le mois dernier vont l'enterrer. Si Stan ment, il vient d'insulter un journaliste en direct à la télévision, ce qui veut dire que Parnus, qui ne l'aurait pas encore viré, va le faire demain. « Qu'est-ce qui t'a pris, Mavric ? Putain ! » grogne-t-il.

Il veut s'asseoir deux minutes pour réfléchir et plonge sa manche dans la flaque de whisky répandue.

Un cinquante ans d'âge.

Comment cette journée a-t-elle pu devenir un tel cauchemar ?

Gus ! Mavric se dit qu'il doit tout de suite appeler son éditeur, Gus Parnus ! Mais s'il a vu l'émission ? Tant pis, il veut savoir !

C'est près de 15 appels et 11 messages que Mavric laisse à Parnus, mais rien. Et en même temps, cela ne fait que 27 minutes qu'il a raccroché avec Stan… « Merde, 27 minutes, que ça passe lentement ! Allez, Gus, décroche ! » Mavric a, depuis quelques instants, une furieuse envie de pisser, mais il se retient, sa vessie pourrait exploser, il refuse de rater l'appel de Parnus.

La télévision, en attendant, il pourrait mettre une chaîne… Mais il a trop peur de voir les médias s'engraisser de son attitude de tout à l'heure. Pour lui, il est certain que l'info est diffusée partout. Son image est foutue, alors pourquoi allumer le poste ? Il n'a aucune envie de contempler sa chute en direct.

« Merde, je vais me pisser dessus ! Gus, espèce d'ordure ! »

— Monsieur Mavric ?

Quelqu'un frappe à sa porte. Mavric fait un bond sur sa chaise.

— Quoi ? Qui est là ?

— C'est moi, monsieur Mavric. C'est Beth !

— Beth ?

Que vient faire la voisine ? Mavric se dit qu'elle a sûrement vu la télévision et qu'elle vient voir s'il n'a pas complètement perdu la boule.

— On est mardi, monsieur Mavric, je vous apporte un petit quelque chose. Aujourd'hui, j'ai fait un gâteau.

Beth est la voisine de palier de Mandis, elle est très gentille et plutôt mignonne. Fille aînée d'origine bulgare, elle est partie loin de chez elle pour faire des études en psychologie et sciences sociales. C'est une des seules personnes qui se montre gentille avec Mavric au quotidien simplement parce qu'elle le veut bien et non pour sa célébrité. À vrai dire, elle lui a confié avoir lu le début d'un Malaghan sans l'avoir aimé… Cette fille est une perle dans la vie de Mavric.

— Entre, Beth !

— Vous allez bien, monsieur Mavric ? dit-elle en le voyant crispé et pâle, le bras baignant dans une flaque de whisky qui continue de couler à terre.

— Oui… Euh, non, j'aurais besoin que tu fasses quelque chose pour moi.

— Ce que vous voulez, monsieur…

— Mavric, Mavric, c'est bien, je te l'ai déjà dit ! Tu peux rester près du téléphone ? Seulement quelques minutes. Mais tu ne réponds qu'à Gus Parnus, et tu le fais patienter jusqu'à mon retour. OK ? Si quelqu'un d'autre appelle, je veux que tu raccroches immédiatement. Je ne serai pas long.

— OK, pas de problème, je ne bouge pas et je vous attends.

Mavric la remercie d'un clin d'œil et s'en va vers une pièce au fond de son bureau, adoptant une démarche proche de celle d'un pingouin.

En pleine affaire, il entend le téléphone sonner : « Évidemment, bordel ! » dit-il en pensant que c'est certainement le passage aux toilettes le plus long de sa vie. Il tend l'oreille en espérant que Beth ne foire pas son coup.

— Bureau de Mavric Mandis, j'écoute… Hum… Excusez-moi, mais qui est à l'appareil ? En vous souhaitant la bonne soirée !

Avec le bruit du combiné qu'on raccroche, Mavric se rassure, car il ne s'agit vraisemblablement pas de Gus.

— Quel con m'appelle à cette heure ? Une personne idiote qui a vu mon esclandre et qui veut fanfaronner ?!

Mandis remet son pantalon quand le téléphone sonne à nouveau.

— Merde !

— Bureau de Mavric Mandis, Beth. J'écoute et suis à votre disposition.

— N'en fais pas trop…

Un bruit de combiné identique au précédent se fait entendre. Cette fois-ci, elle n'a même pas pris la peine de dire au revoir… Peut-être un démarcheur ?

Mavric se rhabille et sort des toilettes.

— Alors, qui c'était ?

Beth répond avec un sourire rempli de fierté.

— Le premier coup de fil, c'était votre mère pour une histoire d'anniversaire oublié. J'ai fait ce que vous m'aviez demandé, j'ai directement, mais poliment, raccroché. Vous avez vraiment la tête ailleurs, monsieur Mavric !

« Merde, me voilà viré, ruiné, sans perspective d'avenir et déshérité à présent ! » se dit Mavric avec un brin d'humour qui le surprend vu son état.

« Faut pas dramatiser, Mandis. Demain, tu envoies un bouquet à maman et le tour est joué ! »

— Le deuxième, c'était un certain Steeve de Channel 1 qui voulait une interview.

— Oh, les fumiers !

— Pourquoi ? J'ai hésité à raccrocher sur ce coup, je me suis dit que c'était positif pour la promo de vos bouquins…

Mavric fonce droit vers Beth, prend ses mains dans les siennes et les embrasse. La jeune fille laisse échapper un petit rire embarrassé.

— Tu as très bien fait ! Merci beaucoup, Beth, tu es merveilleuse !

— N'en faites pas trop ! Attendez au moins d'avoir goûté le gâteau, vous serez peut-être moins affirmatif !

Il embrasse une nouvelle fois les mains de Beth et la raccompagne sur le palier. En revenant dans son bureau, il grimace devant le bazar qu'il y a mis.

La fatigue et la nervosité lui font prendre la décision d'attendre demain pour nettoyer, même si le sol colle déjà.

Il se prépare pour la nuit aussi vite que possible, se brossant les dents en se changeant, et s'installe dans son lit devant un téléphone rouge. Il s'agit d'une ligne qu'il avait fait installer il y a quatre ans. Il avait imaginé l'appareil rouge comme celui de Batman dans la série des années 60.

À l'époque, il s'imaginait être appelé en catastrophe : « Comment, monsieur le président, un nouveau roman pour la semaine prochaine !? C'est comme si c'était fait ! Madame la chancelière, désire recevoir le manuscrit en primeur ? C'est envoyé ! » Ça le faisait rire. Ce soir, ce téléphone ne fut pas quitté des yeux une seconde jusqu'à trois heures vingt du matin, heure à laquelle Mavric tombe de fatigue. Si l'appareil n'était pas déjà de cette couleur, il aurait sûrement rougi !

Le lendemain, au réveil, Mavric Mandis se sent bien, reposé et en forme. Les quelques secondes de béatitude matinale passées, il se met debout d'un bond pour trifouiller dans les options de tous les appareils téléphoniques de l'appartement. Ses allées et venues dans les couloirs étaient ponctuées de « Putain d'enfoiré de salopard à la con, il n'a pas appelé !!! »

Une fois assuré qu'il n'a raté aucun message, aucun appel, il lève la tête vers l'horloge murale de la cuisine.

— Onze heures trente-sept ! Et mon rendez-vous ?

Effectivement, Mavric avait programmé une autre interview téléphonique à onze heures pour une radio locale cette fois. Mais la chaîne n'a même pas appelé… « Une première répercussion de mon coup de gueule d'hier soir ! » pense-t-il, très maussade !

— Oh, qu'ils aillent se faire voir !

Mavric se dirige vers son bureau pour appeler Gus Parnus avec la ferme décision d'insister jusqu'à obtenir une réponse !

Mais sur le seuil de la pièce, il s'arrête net ! Tout est nickel. Son whisky ne coule pas, il n'y a rien par terre. En fait, la bouteille est pleine et à sa place, sur la desserte, dans le coin.

Les lettres ne sont plus éparpillées sur le bureau et la pièce a été aérée, car même l'odeur de cigarette a disparu !

Pour lui, il n'y a aucun doute, Beth est passée ce matin et a tout rangé pour lui rendre service.

— Oh, ce que j'adore cette nana !

Vingt minutes après, la ligne d'appel de Gus est pleine à craquer, lui téléphoner est maintenant impossible ! Et la mauvaise odeur de clope a repris sa place dans le bureau ! Bureau sur le coin duquel une enveloppe bleue et parfumée avait été posée. Mavric ne l'avait même pas vue. Pourtant, le parfum de celle-ci est bien différent des autres lettres. À présent qu'il la sent, Mavric se demande comment il a pu passer à côté… L'odeur qui se dégage aujourd'hui de ce courrier est âcre, acide et lourde. Comme si quelque chose avait pourri dans l'enveloppe.

Pourtant, le papier et l'écriture sont les mêmes, il s'agit bien d'un message de Catherine Gromwels, sa plus grande fan.

« Lisons, se dit Mandis, cela fera peut-être du bien à mon ego, Dieu sait qu'il en a besoin ! »

« Mavric Mandis… » Pas de « Cher Monsieur Mandis » ni même un simple « Bonjour ». L'accroche brutale et impolie de la lettre allait de pair avec l'odeur qui se dégageait de l'enveloppe.

Avant de continuer, l'écrivain cherche du regard un petit plat rond recouvert d'un film plastique. Le gâteau que Beth lui a apporté n'est plus dans le bureau. Mavric se dit très vite qu'elle doit l'avoir rangé dans la cuisine en nettoyant la pièce.

« Mavric Mandis,

Le club des amies de "l'œuvre Mandis" s'est dissous hier soir à la suite de votre esclandre télévisuelle. Nous ne rations jamais l'un de vos passages dans les médias, mais cela est bel et bien terminé. Votre comportement, votre grossièreté à l'égard de ce cher Stan Grégorio est inadmissible. Mes amies m'ont demandé de vous transmettre leur plus profonde déception via cette lettre. Une déception que je partage, bien évidemment, mais pour ma part, c'est votre mensonge qui me blesse au plus haut point.

Taire ainsi l'arrêt des Malaghan et continuer à vous pavaner de chaîne en chaîne en nous faisant croire que les intrigues lancées auront toutes une résolution… Pas de petit Mac, donc ?

Vous êtes abject, Mavric, et je suis fière que Stan ait pu faire la lumière sur vos méthodes de voleur et votre santé mentale !

Concernant ce livre sorti ce matin, je ne l'ai acheté que pour le brûler… »

— Mais je ne savais rien de ce qui se passait, espèce de vieille greluche ignare ! Qu'est-ce que c'est, cette foutue…

Mais les yeux de Mavric se posent sur la dernière phrase avant qu'il ne puisse finir son insulte.

« Vous concernant, ersatz d'auteur, je viendrai m'occuper de vous personnellement. Le 16 de ce mois, 16 comme le nombre de vos mensonges. À très vite ! »

— De quoi ?!

Mavric hurle, car il ignore comment réagir. Il n'a pas besoin d'une cinglée qui lui fait des menaces concernant une chose dont il ne sait rien ! se dit-il.

Il dépose la lettre et empoigne de nouveau son téléphone d'une main et la bouteille de whisky de l'autre.

— Bon Dieu, Gus ! Regarde ce que tu as fait ! Réponds ! Et puis, qu'est-ce qui pue comme ça ?

Très vite, il se rend compte qu'il n'y avait pas que la lettre dans l'enveloppe, mais qu'une petite forme se distingue toujours sous le papier. Il la retourne sur la table et voit s'en échapper un petit paquet qu'il ouvre. Dans celui-ci, un corps meurtri gît. Celui-ci ressemblerait à une souris qui aurait été écrasée d'une quelconque manière.

Le plancher de Mavric ne restera pas propre longtemps. Un instant après cette découverte macabre, il se retourne pour vomir sur les planches du sol en bois.

— Il faut vraiment avoir une case en moins… Quelle pauvre cinglée ! Vous allez appeler la police ?

En parlant, Beth pose un bol de soupe et un petit cachet devant Mavric, allongé dans un canapé très élégant en cuir noir.

— Merci, ma Beth, mais qu'est-ce que tu veux que je fasse ? J'espère que notre police a autre chose à foutre que de s'occuper d'une timbrée qui envoie des lettres dégueulasses.

— Imaginez que ça continue !

— Mais non, elle se lassera. Elle ne vivait que pour Mac Malaghan, il faut juste qu'elle s'en remette… Comme moi.

Pendant un instant, Beth se demande pourquoi elle se sent plus remontée que Mavric sur cette histoire, mais elle comprend très vite qu'il n'a plus la force de se battre pour quoi que ce soit.

Mavric entend d'un coup le plancher qui craque. C'est Beth qui s'en va avec un petit « Bon, mister M, je vous laisse vous reposer ! » tout tendre.

— Tu ne veux pas rester un peu ? On pourrait dîner ensemble, je ne sais pas.

— N'en profitez pas, Monsieur Mandis !

— Mavric !

— Je vais vous refaire un peu de potage et puis, hop, repos !

Un sourire, un geste de la main et Beth referme la porte derrière elle.

Après quelques instants, Mavric laisse échapper un gros soupir d'ennui ; le silence de cet appartement sans une Beth à l'intérieur lui est pénible. À ce moment et encore plus qu'avant, il se rend compte de la chance qu'il a de l'avoir auprès de lui.

En se penchant vers sa soupe, il se met doucement à rire.

« Je viens vraiment de la draguer, là ? Et d'essuyer un refus en plus ? » se dit-il.

— Mais qu'est-ce qui m'arrive ?

Le lendemain, le vomi a été évidemment nettoyé par Beth et la casserole de soupe est rangée. Sur le bureau de Mavric, une lettre bleue et très odorante l'attend. Ce n'est pas la même puanteur que la veille, celle-ci est plus âcre.

Beth dirait de ne pas ouvrir cette enveloppe ! Que ce serait donner du crédit à une dingue et qu'il vaudrait mieux appeler la police. Mais voilà… ce matin,

Beth n'est pas là. Mavric ressent une envie irrépressible de l'ouvrir en sachant bien qu'il ne se sentira pas mieux après. Mais il doit lire cette lettre ! Certaines personnes se complaisent dans leur déprime, Mavric en est clairement au stade où il s'enfonce, c'est ressentir quelque chose quand même.

« Mandis !

Traître, menteur et ordure parmi les hommes !

Jamais vous n'arriverez au niveau de noblesse de notre star, Stan ! Mais rassurez-vous, votre compte sera vite réglé.

Demain. »

Nous sommes le 15.

Dans cet appartement, les rideaux sont fermés, il fait sombre et chaud. Cela mis à part, le lieu est impeccable. Chaque chose est à sa place, à peu près. Tous les objets sont rangés et brillants, aucune poussière ni crasse visible, ou presque. Chaque pièce est accueillante, luxueuse et agréable, sauf une… Dans la cuisine, les débris d'une assiette projetée contre un mur jonchent le sol, une chaise est renversée et un homme pleure assis sur le carrelage. Il a une bouteille de whisky dans une main, un couteau à viande dans l'autre, il est pieds nus et saigne au talon droit. Maladresse d'homme ivre, Mavric a dû lancer une assiette contre le mur et, étant pieds nus, a certainement marché sur un morceau de celle-ci. La douleur l'a fait trébucher, il a essayé de se rattraper à une chaise qui l'a accompagné dans sa chute. Cet accident et les nerfs n'y pouvant plus ont ouvert les vannes des pleurs.

Le couteau a été agrippé dans un élan de paranoïa.

Le 16 au soir, Mavric Mandis fut retrouvé mort.

L'enquête déterminera que cet homme vivant seul, sans famille, ni amis, ni même voisins, avait perdu la tête après avoir appris son licenciement. Décision prise par la maison d'édition de Gus Parnus à la suite du profond désintéressement des lecteurs envers les Mac Malaghan, et ce, depuis déjà 3 tomes.

Une inspection sommaire de l'appartement permet de trouver des vidanges de bouteilles de whisky dans toutes les pièces, dont une posée sur le cadavre et accompagnée d'un petit rongeur.

Les flaques de vomi expliquent partiellement l'odeur dans ce « huit-pièces » à la limite de l'insalubrité.

Enfin, on peut déterminer que Mavric Mandis n'avait eu aucun contact avec quiconque depuis des jours hormis les appels et messages insultants qu'il laissait tous les jours à son éditeur et aux bureaux de Channel 12, lui qui, par ailleurs, ne recevait plus de lettres de fans depuis des années. Résultat de l'enquête : suicide paranoïaque.

19. Haïku

La veuve pose les fleurs,
Vaillante, elle essuie ses larmes,
Marrons autour d'elle
Assis sur sa tombe
Son époux la voit partir
Et lui lance un baiser.

20. Portrait de famille

— Alors, là, c'est mon oncle Alastor, un véritable pirate ! Il s'est déjà battu au sabre avec d'autres méchants corsaires, pour un trésor. Il a séduit sa femme en lui racontant des bobards. Elle dit qu'il est le plus grand menteur de la terre au cœur tendre. Au dernier repas de famille, il m'a juré que c'était lui qui était responsable de la mort des dinosaures. Il aurait pris la vieille échelle de bois dans le grenier de mon arrière-grand-père, le comte Vladitran, deuxième du nom, vampire de son état. Cette échelle lui aurait permis d'aller faire un tour sur la lune. Il se serait installé pour faire de la pêche aux étoiles, et à cause d'une d'entre elles qui avait réellement décidé de lui filer entre les pattes, la ligne se cassa. L'étoile se serait écrasée sur la terre avec un gros Boum !

Elle, c'est ma sœur Séléna. Elle est magillusionniste. Je ne sais pas ce que ça veut dire réellement, mais elle a de grands pouvoirs. Je l'ai déjà vue enfermer un ouragan dans une fiole parce qu'il n'était pas sage !

Voici mon cousin Djo. Il paraît qu'il a perdu quelqu'un, sa fille, je crois. Maman, depuis son cadre en bois, me dit que le chagrin de Djo a créé une mauvaise herbe dans son cœur. Depuis, il est recouvert d'un grand myosotis jusque sur les épaules et le visage. À l'arrivée du printemps, Séléna lui demande toujours un bouquet pour ses potions.

Ah, et eux, ce sont mon cousin et sa femme. On me dit souvent que je ne peux pas savoir ce qu'ils font dans la vie, parce que leur travail ne se passe pas que dans la vie, m'ont-ils dit. Elle, si j'ai bien compris, elle offre une fleur à chaque personne quand elle naît, et lui, il la récupère quand elle est fanée.

Lui, là, c'est un ami de la famille qui passe ses journées à hypnotiser les gens. Je l'ai déjà vu convaincre un homme qu'il était une poule et l'homme a pondu un œuf.

Ce mardi, le devoir à remettre à l'école était un portrait de famille fidèle. Jamais les autres élèves et le professeur n'auraient cru cet exposé délirant de Gus s'ils n'avaient été habitués à le voir flotter au-dessus du sol, avec une légère transparence et des flammes bleues sur chacune de ses mèches de cheveux.

21. Qu'est-ce que je fais de cette info ?

— Félicitations, Catherine, ton exposé est superbe. C'est un beau travail que tu as là. D'ailleurs, il me fait beaucoup penser à une chanson de Jacques Brel.

— Ah ?

— Mais si, dans son côté… Tu vois ? Non, non, pas du tout, tu as raison, ça n'a rien à voir. Il faut que j'arrête le thé noir.

— …

Attention !

Nous espérons que votre lecture s'est faite avec un jean adapté ou sur une aire d'autoroute vous permettant d'en profiter en toute sécurité !

Merci.

Christophe Maison

Quand je finis ce livre, j'ai trente ans. Je l'ai travaillé, encore et encore, et chacune de ces nouvelles évoque des choses importantes pour moi : la liberté, le paranormal, la peur, l'incompréhension, la honte et le courage. Ce sont des matériaux vivants et riches à coucher sur le papier ou à monter sur une scène.

Comédien de formation et professeur de théâtre, ma passion pour l'écriture est arrivée relativement tôt, mais la volonté d'en faire un métier, assez récemment. Des idées de pièces pour ma troupe, des créations en collectif et des projets pour de petits festivals, c'est comme ça que j'ai fait mes armes. J'ai ensuite pris une ou deux idées, je me suis posé devant une feuille et j'ai travaillé, convaincu de la richesse possible de ces histoires. Pas de comment en faire un bon texte ; pour cela, j'ai dû m'exercer. C'est la nouvelle « L'hypnotiseur » qui fut la première. Elle est tirée de l'histoire d'un personnage secondaire d'une de mes pièces que je voulais mettre au premier plan. J'ai ensuite continué en m'installant un cadre de travail : la récurrence des personnages et le commencement de chaque nouvelle par un discours direct.

En parallèle, je me suis formé en rédaction créative, j'ai écrit cinq pièces, de la poésie, du slam et je donne maintenant des cours d'écriture.

La sensation de liberté que procure la plume à la main est une des meilleures choses pour moi. On s'évade avec fierté dans un monde très intime qui est pourtant fait pour être offert.